海口旅游职业学校书香校园丛书

总 主 编◎赵金玲
副总主编◎杨 英 王高平 洪 涌 李志昆

# 悦读旨趣

主编◎杨 英 钱 玲

编委◎冯 浪 吴多斌 赵万慧 潘雪梅
　　　韩鸿定 谭 蓉 王桂芬 蒋 靳

北京·旅游教育出版社

责任编辑：果凤双

## 图书在版编目（CIP）数据

悦读旨趣 / 杨英，钱玲主编. -- 北京：旅游教育出版社，2018.4
（海口旅游职业学校书香校园丛书）
ISBN 978-7-5637-3715-4

Ⅰ．①悦… Ⅱ．①杨… ②钱… Ⅲ．①读后感—作品集—中国—当代 Ⅳ．①I267

中国版本图书馆CIP数据核字(2018)第065984号

海口旅游职业学校书香校园丛书

丛书总主编：赵金玲　副总主编：杨　英　王高平　洪　涌　李志昆

## 悦读旨趣

杨英　钱玲　主编

| 出版单位 | 旅游教育出版社 |
|---|---|
| 地　　址 | 北京市朝阳区定福庄南里1号 |
| 邮　　编 | 100024 |
| 发行电话 | （010）65778403　65728372　65767462（传真） |
| 本社网址 | www.tepcb.com |
| E - mail | tepfx@163.com |
| 排版单位 | 北京旅教文化传播有限公司 |
| 印刷单位 | 北京京华虎彩印刷有限公司 |
| 经销单位 | 新华书店 |
| 开　　本 | 710毫米×1000毫米　1/16 |
| 印　　张 | 9.375 |
| 字　　数 | 115千字 |
| 版　　次 | 2018年4月第1版 |
| 印　　次 | 2018年4月第1次印刷 |
| 定　　价 | 38.00元 |

（图书如有装订差错请与发行部联系）

# 前　言

著名教育家苏霍姆林斯基曾说过："真正的教育是从教育者的素质开始的。"（《苏霍姆林斯基选集（一）》）而要提高教育者的素质，使学校成为青少年精神上的良好家园，使教师成为学生们生活上的良师益友，阅读经典书籍不愧为有效的途径之一。基于此，我校从2013年起组织开展了一年一度的"教师读书节"活动，每年为教师们选购人手五册文化教育名著，在阅读前进行书籍导读，在阅读后开展读后感评比交流，以期通过教师的读书带动学生阅读风气的形成与提升，进而提升校园建设的整体文化内涵。

自第一届教师读书节以来，我校全体教师阅读了《学校与社会·明日之学校》《有效教学方法》《以经营促发展》《职教拾零》《打造海南旅游文化的摇篮》（2013第一届教师读书节）、《陶行知教育名篇精选（教师读本）》《教学过程最优化》《影响课堂教学实效的关键问题》《窗边的小豆豆》《马云：我的管理心得》（2014第二届教师读书节），《敬业乐群：黄炎培职业教育思想读本（教师篇）》《走在新教育的路上》《课程与教学的基本原理》《学校的挑战：创建学习共同体》《伟大也要有人懂：一起来读马克思》（2015第三届教师读书节）等书籍。三年来，教师们在阅读中聆听教育大师的教诲，感悟教育名家的智慧，并将之融入个人的教育实践中，结合个人的教育教学实际撰写了读后感。学校教研室每年组织评委对教师的读后感进行细致的评析，三年共收到全校教师433篇读后感，评出了154篇获奖作品。为使更多的老师能分享到这些获奖教师的读书体会，使这些一线教师与名著、名师的交流感悟和实践体会得以发扬，学校教研室特别选取了其中的优秀获奖作品，编辑了《悦读旨趣》一书，供全校教师品读。

书籍能为我们打开精神世界之窗，读书可以提升教育的理想和信念，爱好

读书应该成为教师的职业素养和职业习惯,因为教师"不仅是自己学科的教员,而且是学生的教育者、生活的导师和道德的引路人"。(苏霍姆林斯基《给教师的建议》)作为中等职业学校教师,在教会学生掌握专业技能的同时,还要培养学生良好的阅读习惯。让阅读成为学生的自觉习惯和精神需要靠的是教师的引领,而"集体的智力财富之源首先在于教师的个人阅读。"(《苏霍姆林斯基选集(四)》)在我校三年"教师读书节"活动成果一书付梓之际,第四届教师读书节活动亦在如火如荼地进行中。我们将继续开展好此项活动,丰富活动的形式,切实提升教师的阅读质量和综合素质,让读书成为全校师生的习惯,让我们的校园充满书香!

编者<br>2017年9月1日

# 目 录

## 教育思想篇

职教园地的奇葩——读《以经营促发展》有感 ················· 赵金玲 3
管理的魅力在于如何理顺法理情的关系
　　——读《马云：我的管理心得》有感 ····················· 王高平 5
读《马云：我的管理心得》有感 ····························· 洪 涌 9
活的教育需要创造活的课堂 ································· 杨 英 11
杜威的职业教育思想对我校"三融"课程改革的启示
　　——读杜威的《学校与社会》等书籍有感 ················· 钱 玲 14
为有源头活水来——读《陶行知教育名篇精选》 ··············· 冯 浪 19
领悟新教育的精神　寻求破解教育瓶颈的途径
　　——读《走在新教育路上》有感 ························· 陈 军 24
从马云的团队管理想到的 ··································· 王小玉 28
用整个的心做整个的教师——读《陶行知教育名篇精选》有感 ····· 蒋 靳 31
从春天里出发 ············································· 杨 英 34
感悟——过一种幸福完整的教育生活
　　——读《走在新教育路上》有感 ························· 王高平 37
一书一世界，一读一习惯，一写一财富 ······················· 梁海珠 40

## 教学实践篇

有效教学源自有效教师——《有效教学方法》读后感 ··········· 王高平 47

思考有效教学，践行有效教学——读《有效教学方法》有感……冯　浪　50
我的课堂谁做主
　　——《有效教学方法之有效利用学生的观点》读后感……赵万慧　54
《有效教学方法》读后感……………………………………吴春美　56
心中淡定，顺其自然——小议教师自我情绪管理……………赵万慧　59
兴趣导航设计中职计算机英语教学活动初探
　　——读杜威先生的《兴趣在教育理论中的地位》有感……钟钦恒　63
如何提高语文课堂教学导入环节的有效性…………………张少虹　65
合作互动学习，实现有效教学………………………………林文燕　71
《有效教学方法》读后感……………………………………林绍飞　74
浅谈中职日语选修课堂教学的有效性
　　——《有效教学方法》读后感………………………………吴海娜　78
读《课堂管理》有感……………………………………………黄小莉　81
行为有效，教学有效——《有效教学方法》读后感…………廖湖贤　83
《有效教学方法》读后感………………………………………黄晓虹　86
教师阅读随笔……………………………………………………王望新　89
关于中职英语有效教学的几点思考——读《有效教学方法》有感……马小丹　91
商品经营与管理专业的方向灯——读《马云：我的管理心得》有感……周祖民　95
路漫漫其修远兮，吾将上下而求索
　　——读《优秀是教出来的》心得体会………………………吴春美　98
《教学过程最优化》读后感……………………………………黄　蕾　102
浅谈中职高效课堂的几点想法
　　——读泰勒的《课程与教学的基本原理》有感……………吴　祎　106
美发课堂教学中的小组合作学习
　　——读《学校的挑战——创建学习共同体》有感…………吴清葵　111

## 德育管理篇

全面发展才能成为高素质的职业人
　　——由黄炎培职业教育思想想到的 ················· 蒋　靳　119
最简单的路径，抵达最丰富的可能——读《窗边的小豆豆》有感 ··· 李立妮　124
用心经营　铸就成长——《以经营促发展》读后感 ············· 李立妮　128
细节，不可忽视 ······························································ 黄小莉　131
从《马云：我的管理心得》看班级管理 ································ 孟繁华　133
做个有"心"人——读《窗边的小豆豆》有感 ························ 吴清葵　136
从容不负好韶光——读《陶行知教育名篇精选》心得 ············ 叶　俐　139

# 教育思想篇

# 职教园地的奇葩

## ——读《以经营促发展》有感

赵金玲

最近北京昌平职业学校段福生校长送给我们他写的《以经营促发展》一书，该书作为首届读书节的推荐书目发给每位老师研读。段校长以平实简朴的行文轻松地跟读者聊了自己"经营学校"的不平凡的心路历程。我自己已经不知拜读了多少遍，泛读、精读、选读，每次都能找到工作中同样的感受像是遇到了知音，每次都能找到问题的答案像面对老师，每次都会找到学习的方向像是找到导师。同为职业学校，我们共同面临着国家改革发展的近40年，同为职教人我们都在为职教的尊严而努力。我觉得段校长说出了我们职教人的心里话，道出了我们职教人的故事，树起了我们职教人学习的好榜样。

全书十二章四十三节，点点滴滴浸透了段校长和"昌职"人的付出和努力，章章节节凝聚了段校长和团队们的智慧和精神。给我启发的地方很多很多，其中最有感触的有三点。

**我的职教情怀** "因为梦想，我选择了职业教育。还是因为这份梦想，我不离不弃，一直坚守。"昌平职校30年，段校长职教梦追逐30年。从"焦虑与激情，犹豫与投入，交织在一起"直到"职业教育逐渐融入我的血液，成为我的生存方式、生活方式和发展方式"，读到这些文字如同看到自己的身影。我定没有段校长的魄力和成功，也还达不到老师、孩子们期待的目标，但是我也一直在路上。我永远感念海口旅校京海两地的老师们和前辈们给我的支持和包容，指导和帮助，我也始终感觉得到身上的责任和使命。为什么？因为19年的职教生涯已让我积蓄了浓浓的职教情怀。我的许许多多同事是与这所学校共同成长的。我们深深爱着这片天地。

**最大的特点是善于学习** 段校长多年来每天都会抽1~2小时来读书。此外，

他还善于向前辈学，向同行学，向行业学……他做到了在书本和实践间的转换落地，在海纳和甄选间的理智执着。这点非常值得我们大家学习。读书对于我们每个人都太重要了。如果是领导干部，不读书如何引领老师？如果是老师，不读书如何引导孩子？为人师表、为人父母的我们读书了才会充实，读书了才会自信。我很高兴，这两年干部定期学习的心灵鸡汤，有了一点效果。每个人的读书讨论都有了进步。学校被评为海口市创新型学习组织一等奖。这两年教研室连续组织读书活动都很好。我们还要继续努力，让书香无处不在，让阳光无时不在。我个人觉得善于学习靠方法，勤于学习需付出，勇于学习讲心态。现在我们常常感叹"时间哪去了"，常常会因为累了忙了不读书。我们都可试试21天效应。行为心理学有个理论，就是21天效应。大意是一个人的行为如果重复21天，就会变成一个习惯，如果重复90天，就可以形成稳定的习惯。读书的生活是最丰富多彩的，写作的时光是最启迪智慧的，读书的人是最能感知生活的。可谓是"问渠那得清如许，为有源头活水来"。

　　资源有多少，路就有多远　"我们抓经营，首先抓的是资源的扩展和盘活。资源之于职业学校，犹如空气之于万物，没有空气，万物不复生存；没有资源，职业学校寸步难行。"昌平职业学校的灵魂是经营学校，经营学校的灵魂在经营资源。这个观点对我有极大的启示，极大拓宽了我的视野，使我懂得每位学生、每位老师、每位政府、企业、社会等资源供给者都是学校的资源。正如人们常说职业学校的校长要有三只眼睛，一只盯学校，一只盯市场，一只盯政府。我们的资源就来自这三个方面。发现资源和优化资源需要有很强的学习能力、洞察能力和行动能力。这点段校长是我们的楷模。今后我还要在资源的思想观念、资源的配置和资源的开发上好好下功夫，让全校师生都是资源的开发者也是资源的受益者。同时"打铁还需自身硬"，学校每个部门每位老师都对每个学生负责，做好每件小事，做细每个细节，才能赢得信任，获得支持，获取资源，促进发展。

　　一本好书会改变一个人的思想、胸怀和视野，段校长的书让我重新审视自己。找到了差距，看到了未来。这本书成了我的工具书，我还要继续读反复读。我因为有这样一位优秀的同行而骄傲。感谢段校长给我们分享了这份宝贵的财富。

# 管理的魅力在于如何理顺法理情的关系

## ——读《马云：我的管理心得》有感

王高平

这些年，读了不少书，有专业学科的、教学的、德育的、学校管理的、国学文化的、经营管理的，一路饕餮，收获不小，感悟颇深，虽然写了不少读书随笔，也摘抄了不少经典语句，但是从未书写规范的读后感。

年前，教研室钱玲主任收集了老师们推荐的好书，建议学校购买并赠送每个老师阅读，然后举行读后感评比，此举挺好，既能让老师们读书充电又能展开思想碰撞。在推荐的五本书中，虽然每本都有翻阅，但是除了赵伟的《马云：我的管理心得》外，其他四本都只是囫囵吞枣地快速阅读。之所以研读《马云：我的管理心得》，是因为它与我最近研读的《马云内部讲话Ⅱ》属系列丛书。《马云内部讲话Ⅱ》收集了马云自2010年3月18日至2013年5月10日这段时期在阿里巴巴集团内部的管理讲话。文章从合纵（我个人认为重点解决部门平衡信任的问题）、乐活（我个人认为重点解决快乐工作的问题）、判断（我个人认为重点解决自我品牌特色的问题）、求诚（我个人认为重点解决企业诚信的底线问题）、逆袭（我个人认为重点解决如何创新文化性格的问题）、注重（我个人认为重点解决帮助客户生存的问题）、谋变（我个人认为重点解决企业改革求变的勇气问题）、亲近（我个人认为重点解决企业公众信任的问题）、修养（我个人认为重点解决企业性格的生态系统问题）、相信（我个人认为重点解决未来创新崛起的问题）等10个方面整编马云对企业管理理念的感谈。《马云：我的管理心得》则从战略管理、团队管理、中高层管理、竞争管理、品牌管理、商业模式管理、思想管理、企业文化管理、创新管理、自我情绪管理和资本管理11个方面论述马云成功的管理经验。在这11个方面的论述中，作者总共摘抄了马云在各个时期

的68处讲话，然后再罗列了他的68个管理案例以及在管理过程中他的管理智慧。在每个章节的论述过程中，作者始终分三步进行：第一步是精准摘抄马云在不同时期的经典讲话；第二步是列举马云的管理案例；第三步是整编马云的管理智慧。

一路研读下来，这两本书给我带来的不仅只是思想上的共鸣，更甚的是内心的强烈震撼。一时间让我一个从事学校管理近20年的管理者对管理又有了更新的认识，对管理中的一些常谈问题又有了独到的认知。下面，我从三个方面与老师们一起分享我的读后感，不妥之处，敬请拨正。

一谈管理要合法。我个人认为，不论是什么管理，要想具有公众信度，要想说服公众，管理要合法是前提，否则一切妄谈。

我校自1993年建校至今，在学校管理、教师管理、学生管理等三个层面都先后出台了不少管理制度，应该说这些制度的制定，在当时来讲是依法而制定的。也就是说，就当时而言，它在学校管理、教师管理和学生管理上是合法的，是得到大多数师生的支持和拥护的。但是，随着时间的推移、岁月的流逝和校址的搬迁，作为学校管理者的我们应及时审时度势，从各个层面思考、总结、实践，并在原来的基础上提出更加适合、更加与时俱进、更加行之有效、更加合法的管理制度。比如，就学校管理而言，在白龙校区时，我们推行的是结构工资方案，福利发放的依据是学校总收入40%左右，也就是说，福利的发放只要严格控制在这个范围内就是合法的。但是，自学校搬迁到白水塘后，我们推行的是绩效工资方案，一切福利停止发放，这样的调整与原来的学校管理制度相去甚远，因此，这就需要我们管理者要与时俱进地调整我们的管理制度，让它更加合法地同步管理学校、管理教师、管理学生。如果我们调整不及时，势必会造成因为制度上的漏洞而导致部分管理出现不合法的现象和不公平的事实。不论是多获者还是少得者，一样愤愤不平，多获者认为这是他们合法所得，为什么大家不理解，少得者则认为这是制度的不合法剥夺了他们的合法所得，最后慢慢演变成无谓的内耗，大家也就慢慢地失去了工作的积极性。

因此，我个人认为，管理者只有合法并与时俱进地调整管理制度，才会使得管理制度具有公众信度,才会得到大家的支持与拥护,一切工作才会顺利推进。

二谈管理要合理。我个人认为,在合法管理的前提下,管理过程要合理,因为合理的管理沁人心脾,凝聚人心,反之,令人作呕,怨声载道。

合理是指合乎道理或事理,是不同的双方彼此认同达成的共识之理。因此,作为管理者,我们制定管理制度时,不仅要考虑它的合法性,也要考虑它的合理性。考虑合法是刚性之需,没得商量;考虑合理是柔性之需,可以商量。我个人认为,不论制定什么制度,合乎道理是必须的,但是,这种合乎道理不仅只是管理者单方的一厢情愿,而应是管理者与被管理者双方自上而下和自下而上多个来回最终被彼此认同达成的共识。否则,合理的管理就无从谈起。比如,就教师管理而言,学校在白龙校区时,由于地处城区,交通相对便捷,老师们上下班相对方便,当时福利还能发放,整体收入还不错,因此,当时的教师管理制度就当时而言,不仅是合法而且是合理的,是得到大多数老师的支持和拥护的。而现在学校搬到白水塘后,地处市郊,路途遥远,交通不便,给老师们的上下班造成了极大的不便,再加上一切福利停止发放,老师们的整体收入相对原来而言减少不小,与此同时上班的成本不减反增,一时间老师们从心理上是很难接受的。作为学校第一批管理团队的负责人,就这一点,我的体会非常深刻。因此,这就需要我们管理者要与时俱进地思考并及时地调整教师管理制度,让它不仅合法而且更要合理,只有这样,老师们才会觉得他们也是学校的主人。因为制度的制定并不是学校管理者单方强势制定的,而应是在与老师们充分交流的基础上彼此认同达成的共识。

因此,我个人认为,管理者只有合法并与时俱进地调整、制定合理的管理制度,才会得到更多老师的支持与拥护,学校工作才会更容易开展。

三谈管理要合情。我个人认为,管理制度的制定,不仅要合法、合理而且还要合情;因为合法才会公平,合理就能服众,合情必定和谐。

《礼记·乐记》有曰:合情谓乐也。也就是说,合情就是和谐情感。作为管理者,我们在制定管理制度时,不仅要合法、合理,还要考虑合情,因为自古以来,受传统文化的影响,我们每一个人都无法根除人情的困扰,不仅要面对来自

友情的困扰更要面对来自亲情的抉择,因此,管理制度的制定,在合法合理的前提下,合情就显得尤为重要和必要了。比如,就学生管理而言,我校自1993年建校以来,发展至今,已有22年,我们培养的孩子从70后到现在的90后,马上就要接触到00后的了。作为管理者,我们是否应该及时考虑管理制度的调整,因为不同年代的孩子,他们的思维方式和对社会的认知以及对生活的认识也是完全不相同的,所以,如果我们至今还在沿用原来的学生管理制度,而没有做出及时适当的调整,势必会削弱管理的针对性,让管理浮于表面。就教师管理而言,作为学校管理者,如果我们总是一味地强调管理制度的合法性和合理性,而忽略了管理制度的合情性,那么在我看来学校的管理一定不和谐,因为管理者和被管理者之间已经没有人情可言,既然没有人情可言,势必就会造成紧张的干群关系,就会影响工作的积极性,就会像盘散沙,最后就会导致无从管理的工作局面。

因此,我个人认为,管理者制定管理制度时,既要考虑管理的合法性和合理性,也要考虑管理的合情性,只有三者相辅相成,相互衬托,严格按照合法、合理、合情的顺序来制定管理制度,这样的管理制度才会深受公众的支持与拥护。

总而言之,作为学校管理者,只要我们坚持管理合法、合理、合情,即做到依法治校、实施合理、体现人文,就一定能够办出社会、家长、学生和老师满意的学校。

# 读《马云：我的管理心得》有感

洪 涌

第一次看到《马云：我的管理心得》是在校长的办公室，随手一翻，就被吸引住了，因为刚好翻到的第三章是中高层管理的内容，这正是我在病休中思考最多的问题。很多亲朋好友在我生病的这段时间，跟我说得最多一句话就是：没有你，地球一样转！而且，在没有我的日子里，为了那份信仰，他们更有干劲，顶起了那片天。我为有他们而自豪！病愈重返岗位，自己深感力不从心，想就这样悄然放下，但是多年养成的德育情结，却欲放不舍，不是对领导岗位的不舍，在生命重获新生的那刹那起，我已经理解生命的另一种意义。是心底深处依然对这份工作的热爱，对这批多年一起共患难的兄弟姐妹情谊的执迷和感激，想尽自己的微薄之力帮他们渡过难关：德育处2013年的22人已减少至如今的13人，想想自己也能顶半个吧，但是毕竟解决不了根源问题，所以一直也在思考：如何更加凝聚德育管理力量？如何为他们支撑起德育的团队核心？在最需要帮助的时候，学校教研室的老师们，给我送来了这本书，使我可以认真地从中体会管理的魅力、管理的智慧。我从中启发收获到：要带团队！优秀团队是提高工作的有效保证。书中说到团队建设，这里有几个观点引起共鸣：

**1. 注重激发和保持员工的工作激情，培养使命感、价值观和共同的目标**

其中一段，马云从创立阿里巴巴的第一天起，就非常注重激发和保持员工的工作激情，马云更是亲自投入大量的精力进行企业文化与价值观的建设。我以为，学校德育工作，是辛苦而持久的，靠的不仅是激情，更多的是感情。因为激情不会持久，而感情会越酿越醇厚。德育工作是对人的工作，面对的是班主任老师、家长及学生，只有对这份工作充满感情的人，才能更好地进行沟通交流，才能持之以恒地、耐心地做人的思想工作，从而帮助需要帮助的人成长提高，因此

这份工作也是一份有成就感的工作。学校有个很好的做法：每个新来的老师都尽量安排在德育处学习，他们接受的培训不是培养教师的技能，而是培养学生教育的使命感、价值观和共同的目标，潜移默化地熏陶德育情怀，也为学校培养了后备干部。

**2. 以人为本的亲情化管理方式有其独特的优势**

从管理学的角度来看，员工就是企业的内部客户，企业必须先服务好员工。所有单位都制定了许多的制度，或激励或约束员工更好地工作，但是，如果给制度一点温度，让员工有好的情绪，让他们在工作中获得超越工作本身的价值与意义，这样他们就能把这种使命感与情感传递给客户。

缺乏人文关怀的环境氛围会大大降低员工的工作积极性和工作效率，是企业进一步发展的巨大障碍。马云认为"员工也应该是第一"，没有员工就没有阿里巴巴，只有员工开心了，客户才会开心，客户的那些鼓励言语又会让员工发疯一样地去工作，这是阿里巴巴成功很重要的因素。前几天也读了一篇文章，《"奇葩"校长俞正强》，其中有段话：要想教师对学生好，先得学校对教师好。在他看来，学校的道德性恰恰在于，教师的发展有悖于学校发展时，只要有利于教师，学校也要支持，因为其意义在于，当学生的发展有悖于教师的利益，只要这种发展真正有利于学生，教师就要给予支持。学校近两年也在尽力为教师、学生创造这样的良好环境，比如说为教师及学生做的20件好事等，也希望今后能更多地体现以人为本的亲情化管理，提高教师及学生的幸福感。

**3. 不需要花哨的理念，只需要脚踏实地工作**

马云说："战略如果不能落实到结果和目标上，都是空话。一个正确的制定战略过程，首先要做正确的事情。你做正确的事，就可以事半功倍。"我想，德育工作正是如此，来不得半点花架子，必须踏踏实实，深入学生心坎。我们的德育团队，要树立踏实、真实、坚持的管理理念，让我校的德育工作安全、有序、有效地开展。

在今后的工作策略中，我将把自己原先冲锋陷阵的角色调整为带团队，努力为学校培养一支思想正、能力强、有感情、有爱心的德育队伍。

# 活的教育需要创造活的课堂

杨 英

夜阑人静，翻开《陶行知教育名篇精选》，穿越时光，能看到陶行知先生的教育智慧。一路读来，陶行知先生创造的生活教育理论，刻于脑海，难以褪色。

1922年，陶行知先生提出"活的教育"理论。什么是活的教育？陶行知先生说"不容易下定义"，"也不能定概观"，先生这话自是谦辞。结合多年来自己的执教经历和听课感悟，我理解"活的教育"应该是生成的教育，是生活的教育，更是真实的教育。反复阅读书中"活的教育"章节，我认为，"活"的课堂是活的教育实现的主阵地，而我校现今的"三融"课堂改革正是在打造"活"课堂。

**活的教育是生成的教育。**预设的课堂是没有生命力的，不精彩的。课堂上，学生有自己的主见，不愿跟着我们教师设定的思路走，是将教案进行到底，还是大大方方地顺着学生提出的有价值的问题前进？教学实践告诉我，尊重学生的发现，课堂会因动态生成而变得精彩。只因为每个学生都是一个个唯一的生命体，所处的家庭环境、成长背景、文化基础不同，他们对问题的理解，有自己的思维方式和个性特点。例如，我听过一节《列车上的偶然相遇》公开课，这是一篇讲述主人公因认真与执着获得了他人的相助而改变人生的故事。课堂上，教师设计了系列问题，引导学生思考以期达到学习主人公的优良品质的学习效果。这些问题这样设计："课本上哪句话表现了主人公的执着？请找出文章中表达主人公工作认真的语句"等，问题在教材上认真阅读便可寻得答案，并不能让学生深层思考。听课时，我发现学生在回答问题时，教师并不关注学生歪斜的站姿和不当的用词，甚至有一位学生低声提出"不是每个人坚持都能获得成功"的质疑，教师耳闻后只是略作回答便一笑而过，依旧按备课设计好的程序流畅地去展开余下的

教学过程。我再仔细观察那位提出质疑的学生，其已经是托腮做神游状了。

知道学生为什么会不喜欢我们的课堂了吗？在我看来，课堂教学不是一个机械执行教案的过程，而是一个不断生成的过程。在这个过程中，学生可能会涌现出许多新的想法，暴露许多新的思维。生成的课堂要面对无数的不确定性，这些不确定性具有独特的教育价值，是教学过程中不可或缺的一部分。我还认为，课堂上的精彩也不是教师的口吐莲花，而是学生的深刻领悟、智慧表达，教师的点评应让学生茅塞顿开。

课堂上我们应该用更多的精力去关注学生的发散思维，捕捉学生灵感的火花，从而使课堂在不可预约的精彩中焕发出生命的活力。

**活的教育是生活的教育**。陶行知先生说"生活即教育，是供给人生需要的教育。人生需要什么，我们就教什么"。执教20年，我深切感受到我们的教学既要还原生活，又要提炼生活，触动学生情感，影响他们的态度，提升价值观。这些年来，我共听了4次《世间最美的坟墓》语文课，分别由4名教师执教，当中有独特风格的年轻教师，有教学经验丰富的年长教师。4位教师都在课堂上充分强调了表达文章的主旨的"简单、朴素"关键词。听课时，我特别关注的是，教师将会怎样阐述《世间最美的坟墓》中"美学思想在当代生活中的现实意义"。意料之中，年长的教师在课堂的教学里引入了生活的情景加以处理，其他年轻教师则仅是停留文章表面的讲授。课后，有听课者指出，学校倡导"三融"课堂，其中的德育与教学融合，在这篇课文里就能很好地结合，语文老师们为什么不引导学生发现、感悟我们坚持了20多年的校服，对课文中的"简单、朴素"之美加以拓展？确实，我们师生的校服，其实就是一种"简单又朴素之美"！如此具体化的生活案例，老师们竟然没有加以处理与运用，甚为遗憾。若是这堂课，老师都将学生感悟校服之美升华为爱校之情，那么，德育的春雨，会让课堂产生"草色遥看近却无"的教育效果。

近百年前，陶行知先生说"活的教育，就是要与时俱进，就要随时随地地拿些活的东西教那活的学生，养成活的人才"。多么睿智的话语！我们的教学就要用生活事实说话，用真实的镜头说话，用现场教学资源说话，让学生在参与的过程中，习得知识，感悟生活。这样的课堂，就是活力四射的课堂。

**活的教育是真实的教育**。教育的目的，在于解决问题，所以不能解决问题的，不是真教育。学校每年的教学节为我们提供了很好的教学养料，有许多优秀的课堂亮点是令人赞叹的。比如《清扫客房》公开课，教师在教学中引用了酒店里实际的工作案例，教会学生在课堂上学会解决岗位实际问题的办法，实现了教学环节与真实岗位的对接，仅这亮点就得到了听课者的点赞。再比如，一节《收入与公平》德育课，教师没有避实就虚，而是将真实的社会现象通过案例引入课堂，教会学生直接面对问题的勇气和处理能力。

课堂的魅力在哪儿？最简单的也是最本真的，那就是把学生当学生，让学生真正学有所得。所以，我特别赞成，职业学校的专业实践课，应该将课堂转到社会上，将教学变成真正的实践。例如我们的美发课，可以有计划地走进社区，帮助老人或孩子剪剪发，实践多了，学生的操作技能水平便能更上一层了。再如我们的导游课，可以到景区去，免费为游人做些讲解，讲解多了，学生的表达能力自然也会提高。

教育就是育人，就是把学生培养成真正的人。逃避现实的教育不是真教育，真教育必与现实格斗。

陶行知先生说"活的教育，好像在春光之下，受了滋养似的，也就能一天进步似一天，换言之，就是一天新似一天"。我琢磨了许久，方悟出味道，活的教育是有力量的，创造出"活"的课堂是我们师者永远的追求。

读陶行知先生的教育思想，让我对我校的"三融"课堂改革的认识上了一个新台阶，这种感觉真的很好。

# 杜威的职业教育思想对我校"三融"课程改革的启示

## ——读杜威的《学校与社会》等书籍有感

### 钱 玲

约翰·杜威（1859—1952年），美国著名哲学家、教育学家、实用主义创始人，在对传统教育理论批判的基础上，对教育的本质、学校的功能、学校与社会的关系、道德教育内涵、学校课程设置以及教育与民主主义的关系等各个方面展开了深入的剖析，并在其创办的芝加哥实验学校进行了教育实践，其实用主义思想体系对教育产生了深远的影响。杜威的职业教育思想是其实用主义教育思想体系的重要组成部分。杜威认为"职业教育是唯一能使个人特异才能和他的社会服务取得平衡的事业"。他反对传统职业教育的那种狭隘的职业技能训练思想，主张从广阔的社会背景来探讨职业和职业教育；反对单一职业训练，主张普通教育与职业教育应结合起来，使学生养成一种对工作或职业的明智态度，具有综合的理解力和选择能力，"成为民主主义社会所必须的具有独立精神的公民"。这对我校目前开展的"三融"课程改革具有极其重要的指导意义。

## 一、对职业教育的再认识："教学与德育的融合"核心在加强职业内涵教育

杜威认为，教育是"不断发展个人的能力，熏染他的意识，形成他的习惯，锻炼他的思想，并激发他的感情和情绪"的过程。这个过程涉及心理学和社会学两个方面。职业则是指任何形式的连续不断的活动，其实质是个人智力与道德的生长。杜威指出，在对社会必要的和有用的职业中，并无内在的东西把其分为学术的专业类和低级的、卑贱的、不自由的职业类。杜威认为，教育上的种种对

立，最终表现为职业教育与文化修养的对立，其根源就是传统的二元论。

我国目前对职业教育的定义是："职业教育是为了培养职业人，以传授某种特定职业所需要的知识、技能和职业意识的教育。"其突出强调为生产、管理、服务等生产线培养实用型人才。职业教育的过程就是各种技能培养的过程。这种职业教育观是着眼于个人终身从事某种固定职业的就业准备的教育。这种预先决定一个将来的职业，是教育严格地为这个职业做准备的方法，正如杜威所指出的，也许能培养呆板的、机械的技能（就是能否培养这种技能也毫无把握，因为它使人感到枯燥无味，使人厌恶，使人漫不经心），但是，它将会牺牲使职业在理智上有益处的敏捷的观察和紧凑、机灵的计划等特性，使人没有机会去发掘其志趣所在和能力倾向，从而很难为将来从事真正适合的职业做好准备。这种职业教育不仅限制了个人的发展，而且妨碍了整个社会的生活。可行的职业教育应该使一切早期的职业预备都是间接的，而不是直接的，也就是通过从事学生目前的需要和兴趣所表明的主动的活动。在杜威看来，青年的职业预备就是使他们能继续不断地重新组织目的和方法。

杜威的职业教育思想关注的是人的提升和发展，有其内在的合理性。而目前在中等职业学校，有许多学生在进入所学专业前对专业缺乏了解，对个人的兴趣爱好也不明确，甚至有些家人送孩子上中职学校不过是为了让孩子毕业后能有个谋生的饭碗，有份就业的位置，可以解决生存的问题。对此动机，无可厚非，职业学校就应在其课程教育中加强职业内涵教育，引导学生去了解专业，找到个人的兴趣点，建立对所学专业的深度认知和热爱。正如杜威所指出的："这就需要一种教育，使工人了解他们职业的科学的和社会的基础，以及他们职业的意义。……没有这种教育，工人就不可避免地降低到成为他们所操作的机器的附属品的角色。"在《学校与社会明日之学校》一书中，他进一步指出："除非把广大工人当作像他们使用的机器上的盲目的大小齿轮一般，否则他们就必须对他们所使用的材料和器械的前前后后的物质和社会的事实有所了解。"就我校目前开展的"三融"课堂教学行动看，教学要与德育实现有效融合就应深入挖掘该专业的职业内涵，使学生在掌握可以应用于服务社会的知识的同时，形成社会所需要

的能力和品格。

## 二、对职业课程的再认识:"文化与专业的融合"关键在开展文化通识教育

在课程方面,杜威认为"仅仅按照各种工业和专业现在的做法,给予学生技术上的准备,教育改造是不能成功的;仅仅在学校照样模仿现有的工业状况,教育改造更难成功"。他提倡应从人的全面发展开发职业教育课程,强调职业教育课程内容"应该给学生基础的方法技术,使他们心思耳目都极灵敏,随时可以进步。这比狭隘的训练好得多"。杜威反对针对某一具体的职业活动来开发课程,认为这样的课程过于狭隘,不仅会制约个体目前的发展,而且不利于他们今后职业能力的发展以及对岗位变动的适应。他认为个人的专业发展应建立在全面发展的基础之上,职业教育应为个体适应灵活多变的职业生涯做准备。

杜威指出,职业教育要改变过去狭隘的职业技能训练观,要有广泛的学科内容,做到"文化学科与实践学科并重、自然学科与人文学科兼顾"。杜威认为真正的职业教育应该让学生具备良好的普通教育基础,并使他们获得一技之长;应让学生在科学知识与社会常识的基础上掌握专业知识和技能,在科学、艺术、社会的关系中理解工作,而不仅是专门的职业训练;应从人的职业潜能出发,注重思维能力的培养以增强适应能力,只有这样的课程才能够适应社会发展过程中职业活动的要求。

对此,杜威明确提出:"必须改革学校的课程体系,使普通与职业两类课程结合起来,为上述普通教育与职业教育的共同目标服务。"在这种思想的指导下,杜威认为学校的普通教育课程应该和职业教育课程相互融合,相互渗透,并在其所创办的芝加哥实验学校进行了有益的尝试,以构建普通教育课程与职业教育课程相融合的课程体系。如他把植物学与园艺结合起来,将有相互补充作用的历史和地理学科结合起来;并给学生开设了科学概论课程,使学生在职业训练的同时,有初步的理论学习,为他们以后的职业发展打下良好、坚实的基础,使他们的心智技能有广阔的根基,使他们能够适应变动的社会。

概括来说，杜威的职业教育课程观包含技术训练与人文教育两大基本内容。为了实现这两大基本内容的相互融合，一方面要彻底改革传统职业教育的狭隘的"单一的技能训练"，在课程内容上增加社会科学文化方面的相关知识；另一方面，要在学生接受职业技能训练的同时，提供科学、艺术、社会、人文等方面的课程。只有将这两方面的内容结合起来，让学生受到广博的教育，才能够使其真正成为适应现代工业生产的劳动者。

杜威的职业教育课程观对我校"三融"课程改革的直接启发意义是：完整合理的职业教育课程体系除了文化课、理论课、专业课、实操课、选修课之外，还应该包括培养学生文化素质的通识教育课程。通过对传统文化学科课程进行删繁减难，将文史哲等学科最基础的知识提炼为通识教育的内容，开发通识教育课程作为学校的公共基础课。在此基础上，围绕专业教学的要求和目标对文化学科进行与之相适应的调整和完善，形成新的学科课程。通识课程、学科课程与专业课程三类并举，相辅相成，在培训技能的同时，提升人文素养，增强解决问题的能力，培养综合能力和迁移能力，使学生能在变化的社会中具有良好的适应性。

## 三、对教育方法的再认识："专业与行业的融合"途径在实践工学结合

杜威提出，职业教育课程的实施不应局限在学校内进行，应该走课堂教学、实验室和工学交替的综合化道路。在教学方法方面杜威提出了"五步教学法"，即"暗示—问题—假设—推理—试验"，曾被胡适精当地概括为"大胆假设，小心求证"。具体到课堂教学中，这五步可分别对应：背景知识激发、情景创设导入、解决方法探究、解决方法选定、实践试验验证。杜威指出"教材提供目的，同时也决定方法"。杜威强调要逐步改造学校的教材和方法，变符号和文字式的教材为活动课程，用代表社会职业的各种形式的活动来阐述智力的和道德的内容，变教师讲授、学生静听为师生共同活动，通过主动参与、主体体验、探究调查等活动方式，使学生在观察、实验、调查、制作、探究等一系列的活动中发现问题、解决问题，体验和感受生活，获得各种知识、经验并提高能力技能，实现

教学的目标，促进学生的智力和道德的生长。这也是杜威"在做中学"思想的具体体现。

结合我校"三融"课堂教学改革之"专业与行业融合"的方向，我们应汲取杜威实践教学和在"做中学"的精髓，将学校职业教育延伸到学校之外，构建多渠道、多形式、多场所的开放性的职教模式。除了校店实践、岗位实习外，还要加强日常教学中工学结合的比重。要以行业的标准来设置课程目标，以岗位的任务来设计教学活动，通过模拟化的职业活动让学生在完成职业岗位任务的过程中，了解岗位职责，熟悉行业要求，培养和发展学生的观察力、想象力、创造力、解决问题的能力以及实际动手操作的能力，内化学生的职业道德意识。要实现这个目标，还需要教师了解行业的要求和发展动态，能按照行业的岗位实际设计出与之相应的教学活动。而这，还有待学校在师资培养方面加大力度。

美国学者 S. 鲍尔斯、H. 金蒂斯曾指出："在现代生产中，事实表明，大多数职业所要求的认知技能水平并不是很高。与认知技能要求相比，在生产过程中，雇主更重视的倒是劳动者是否具有'合适'的个性品质。"爱因斯坦也曾说过，专业化只能使人成为"有用的机器"或"训练有素"的狗，要成为"和谐发展的人"，最基本的是要对价值有所理解并且产生热诚的感情。目前我校开展的"三融"课堂教学改革也在努力实践，"避免智力训练和道德训练之间可悲的分割，知识与性格成长之间可悲的分离"（杜威语）。面对课堂教学改革实践中存在的各种问题，我们需进一步深刻领会杜威对职业和职业教育的剖析，挖掘其宝贵丰富的精神财富，加强职业内涵教育，开展文化通识教育，突出实践性教学方法和工学结合的职教培养模式，充分调动全体教师参与课堂教学改革实践的积极性和主动性，在"做中学"，在实践中完善，才能将"三融"课堂教学改革真正落到实处，使其能有效地促进教师的教与学生的学，使学校教育成为"社会生活的过程，而不是生活的预备"，使学生能够获得智慧与道德的生长，成为一个具有独立精神的良好公民和不断进取的职业人。

# 为有源头活水来

## ——读《陶行知教育名篇精选》

冯 浪

半亩方塘一鉴开，天光云影共徘徊；
问渠那得清如许？为有源头活水来。

——朱熹《观书有感》

前几天，翻开周洪宇编的《陶行知教育名篇精选》，本以为这么厚厚的一本专著，读起来会费劲且不易吸收。出乎意料的是，翻阅该书时，仿佛有一位慈祥风趣的教育同行在谈笑风生地跟我聊教育工作中的故事，我竟爱不释手了！这本书汇集了陶行知先生平生教学研究与实践的精髓，作者列编为"教育的信念与理想""教师的培养目标与职业定位""教师的基本职业素养""教师的职业伦理与精神""师生关系"等篇章。陶先生以形象的譬喻、生动的故事、亲切的语言讲解教育的观点，分析教育的方法，分享"生活即教育""教学做合一""创造的教育"等独特的教育思想。感觉我们今天的教育批判与建设，几乎都没有超出陶行知当年的思考。鉴于当今教育界对陶先生的教育思想进行了海量的论证与实践，我只想结合自己的教育教学体验谈谈对"活的教育"一章的理解。

本章以"活的教育"（28页）为题，阐述了什么是活的教育，怎么实施活的教育（需要活的材料，活的方法），为什么要讲活的教育三方面的问题。关于什么是活的教育，陶先生说："教育分为三部：死的教育；不死不活的教育；活的教育。活的教育，好像在春光之下，受了滋养似的，也就能一天进步似一天。换言之，就是一天新似一天。"根据陶先生的论述，我有如下理解。

**其一，活的教育要有活的教师。**

活的教师要了解学情，因势利导。"我们教育儿童，第一步就要承认儿童是活的，要按照儿童的心理进行。"这里"活的儿童"主要指不管怎么样的孩子，总会发展变化的，"表面看起来，也好像是很平常的，没有什么进益，其实他的能力知识，没有一天不在进行中求活。我们就要顺着他这种天然的特性，加以相当的辅助和引导，使他一天进步似一天，万不能从中有所阻碍或停滞，不使前进，把他束缚了起来"。陶先生的这个观点，我们职业教育中最不自信，不少教师总是埋怨学生基础差，教不会。于是教师当一天老师算一天工作量，根本不关心学生成长与进步，不少职业学校出现了教师"浑浑噩噩"、学生"昏昏欲睡"的现象。还有一些教师，不注重引导，一味束缚。记得本学期第一天开学典礼，当学校通知元宵节调休时，学生中发出整齐的鼓掌声，没想到相关教师竟然批评学生"不注意形象""喜形于色"。这本来是学校的决策得到学生的肯定，发自内心的称赞，我们应当感到高兴，但这位老师的当头一棒，好事变坏事了。难怪我们的毕业生走上工作岗位，反馈回来的信息始终有"木讷""不灵活"等表现，难怪我们的学生对学校感情不深。"真教育是心心相印的活动，唯独从心里发出来的，才能打到心的深处。"（286页）如果这位老师顺应学生兴奋的心情，发自内心地说：希望同学们元宵节期间在家好好孝敬父母，抽空了解地元宵节的习俗，增长知识；祝愿全体师生元宵节合家团圆身体健康！相信这个开学典礼还会得到学生发自内心的掌声，相信这种富有生活气息的教育，会让一群活泼的青少年发自内心地热爱这个学校。这就是陶先生所指的"Education of life"，即生活教育。

正如书中所说"活的教员与活的学生，好像汽车一样，学生比譬是车，教员比譬是车上的机器。机器不开，车自然不动。""若徒以学生前进，而教员不动，或者学生要进而教员反加以阻碍，这可谓之死的人教活的人，不能谓之活的人教活的人。"（32页）中职学生虽然先天不足，但他们也是"活的人"，真不希望他们的未来扼杀在我们这些"半死不活"甚至是"死的人"手中。

**其二，活的教育要有活的媒介。**

"我们讲活的教育，就要随时随地拿些活的东西去教那活的学生，养成活的人才。"哪些是活的东西呢？书中讲了活的事物，活的环境，活的书籍，提出教育要生活化，实践化，不要照本宣科。我们学校现在提出"教学与德育融合，文化与专业融合，专业与行业融合"的"三融"教学理念，顺应了陶先生这方面的论述。33页指出，许多教员，"他既不能有新的知识，那一定没有新的教材能供给学生，只是年年爬起来卖旧货！这种教育中的败类，真不知道害了多少青年"。多么形象中肯的比喻，现代科技日新月异，如果不读书，不深入行业，不了解中职新资讯，我们都将伦为卖旧货的，我们的学校将成为旧货市场，买货人换了一批又一批，卖主的货却年年不变，可悲呀。

关于运用活的教育媒介，陶先生在一首诗中做了生动的解读。

　　春天不是读书天：关在堂前，闷短寿源。掀开门帘，投奔自然。春天不是读书天：放个纸鸢，飞上半天。春天不是读书天：舞雩风前，恍若神仙。攀上山颠，如登九天。春天不是读书天：鸟语树尖，花笑西园。宁梦蝴蝶，与花同眠。春天不是读书天：放牛塘边，赤脚种田。工罢游园，苦中有甜。春天不是读书天：之乎者也，太讨人嫌。书里留连，非呆即癫。

记得当时我把这首诗发到朋友圈，大家以为我在愤青呢，殊不知伟大的教育家就是这么懂青年人的心，这么任性地热爱生活，并"Education by life"，用生活进行教育。

**其三，活的教育要有发展的教育观。**

"办教育的人，要能会设计，预知学生将有风潮，就先要设一方法，使那风潮却从无形中消灭，不致使他发泄。"（33页）"无论是办大学也好，中学也好，国民小学也好，总要预先有个计划，然后依着计划去实现。有时计划定得不好，应随时变更。"（34页）陶先生强调办学要有计划、有目的，而且这些计划、目的要紧密联系生活实际。纵观我校的办学，这几年就非常注重计划性，"人文旅校""示范旅校""内涵建设""规范管理"等，体现了管理层明确的管理目标。但结合陶先生活的教育观，要使人有"活的能力""活的精神"，我不由得忧心忡忡。因为我内心深处有几个伤痛，一是我们的在校师生好像总是不那么快乐，

在许多人身上看不到活的精神;二是我们的招生越来越困难,我们的教育接地气地得到家长和社会发自内心的认可了吗?三是我们的毕业生成就不怎么拿得出手,毕业生之星墙上有几位是业界引以为豪的呢?我们更多的毕业生"就业快,失业也快",这是不争的事实。陶先生说,"活的乡村教育要教人生利,他要叫荒山成林,叫瘠地长五谷。他教人人都能自立、自治、自卫。他要叫乡村变为西天乐园,村民都变为快乐的活神仙。"要"Education for life",为生活而教育,职业教育不也应当如此吗?

我不由得想起黑柳彻子的纪实小说《窗边的小豆豆》,巴学园的学生与"我"一样,身上都有许多不足,有好动的,爱惹是生非的,身体残疾的,但幸运的是,他们遇到了小林校长。在小林校长的精心呵护下,巴学园成为一片乐土,尽管后来因为战争,巴学园不复存在,但从巴学园走出来的学生大部分成为日本各行业的领军人物,巴学园成为他们精神上永远的乐土。小林校长的教育观就是活的教育观,尊重学生的个性差异,发挥学生的想象力。电车当教室,用餐时间可学习品尝"海的味道,山的味道",还可以练习口语表达,残疾的学生可以拿学校运动会冠军。散步、爬树、掏粪等都是在快乐的活动中让学生进行自我教育。

我们能否在海口实现"巴学园"式的教育梦呢?我们能否让海口旅校成为师生的乐土呢?按照陶先生办学要有计划性的观点,我以为,我们的教育应当有前瞻性,而不是被动地盲从。首先,我们的办学理念应当调整。现在发达国家的旅游服务行业,没有几个员工是帅哥靓女,他们走的是"中老年"线路,目前国内北上广等大城市酒店业,也逐渐走"中老年"线路。事实证明,我们早几年奉行的"金钱加美女式"的旅游教育没有生命力了。其次,我们的专业结构应当调整。我们将高星饭店运营与管理专业作为主打专业招生,但一直以来,家长与社会并不认可这一专业的技术含量,因此,该专业的生源数量越来越少,质量越来越差,该专业教师与学生比例失调,出现不少专业教师没课上的现象。这种教师多,学生少,失业快的专业,再不调整,将成为陶先生所说的"不死不活的教育"。

只有深入品读《陶行知教育名篇精选》,才能理解"行是知之始,知是行之成"的真正含义,才能明白"生活教育"不是挂在嘴上的,才能坚持以"捧着一颗心来,不带半根草去"的精神激励自己。"问渠那得清如许?为有源头活水来。"在利益驱使下,大海被填平,活水变死水。尽管穹顶之下同呼吸共命运的呼吁引发一些关注,但这样的呐喊声能得到多少呼应呢?

  作为一名教师,我希望自己是活的,我得铭记用活水充实自己。从明天起,关注课堂上一双双眼眸,关心校园里一个个活跃的身影;从明天起,天光云影,鸟语树尖,与生共赏;从明天起,坚持读书、锻炼,用活的精神、活的身体站好三尺讲台,努力实现先生的生活教育(Education of life),用生活来教育(Education by life),为生活而教育(Education for life),让自己与学生一起"一天新似一天"。

# 领悟新教育的精神　寻求破解教育瓶颈的途径

## ——读《走在新教育路上》有感

陈　军

朱永新教授的《走在新教育路上》作品集，主要收录了他从踏入教育领域直至2010年的论著。这从一个侧面反映了我国改革开放以来教育领域理论研究与实践的过程。在这套作品集中，朱教授从国际国内、政治经济、文化社会、古往今来的广阔视野来考察、思索中国的教育问题；他的论述几乎遍及受教育者所经历的整个教育过程；大到教育的理念、原则，小到课程的改革、课外的活动，他都认真思考、系统调查、认真实验、随时提升倒追理论层面。

作为一名教师，如果没有经验、没有教学技巧、没有管理方法，就不能胜任教学工作，不能成为一名合格的人民教师。读了朱永新的《走在教育的路上》后，心中体会颇多，特别是对书中关于德育的论述极为关注，希望能从中找到针对职校00后学生的教育策略。

如何进行德育，朱永新提出了以下几点建议，主要有：实行、榜样、教训与规则和惩罚、避免不良社交等。他就这些方法作了以下简明的罗列：①实行。他认为"德行是由常做正当的事情学来的"。因为"我们是从学习知道我们应当学习什么，从行动知道我们应当怎样去行动的。孩子们容易从行走学会行走，从谈话学会谈话，从书写学会书写；同样，他们可以从服从学会服从，从节制学会节制，从说真话学会真实，从有恒学会有恒"。而且他认为德育应当尽早进行，"应该在邪恶尚未占住心灵之前，早早就教"。由此看来，对于低年级的孩子来说，道德教育非常重要。②榜样。道德教育需要榜样和教诲，他主张"父母、导师和同学的生活榜样应当不断地放到儿童的跟前"。因为孩子们善于模仿，所以易于接受榜样的影响。这就要求我们教师不断提高自身修养素质，才能成为一个合格的、让孩子模仿的榜样。还有我们的家长，如今我们正在努力通过各种途径，帮助我们的家长转变教育观念，提高教育水平，提升家长素质，一切都是为了给孩子树立一个良好的榜样。③教训、规则与惩罚。没有规矩，不成方圆。朱永新在文中非常严肃地提到了纪律，但是我们现在对于体罚学生是绝对禁止的，在这一点上，我们不能像朱永新说的那样"鞭挞"学生，但是有度的惩罚是必要的，既然有奖励就要有相对应的惩罚。我们可以借鉴魏书生老师的一些惩罚方式，如罚学生表演一个节目等，在不伤害学生身心的前提下，给予必要的惩罚或引导其自我反省、自我教育。④避免不良的社交。他认为儿童必须非常用心地避免不良的社交，"青年人应当小心地防备一切腐败的根源，如不良的社交、不良的谈话、没有价值的书籍之类。"我认为这需要学校、家庭、社会三方面的努力，共同为孩子营造一个良好的环境。尤其是家庭，家庭环境对于一个人的成长起着决定性的作用，所以我们的家长配合学校工作是非常重要的。

而作为职业学校的教师，我们所面对的学生状况是经常听到职业学校老师抱怨，说学生不好教、不好管，流行的说法是，"多办几所职业学校，就会少几个少管所"。最近几年，网络上五花八门的"职校门"事件，似乎也印证着这一说法。在这些以性、暴力与师生冲突为主的事件中，主角大都是95后甚至00后的职校生，事件也大多发生在校园里、教室中或课堂上。被曝光的这些事件，对未成年人身心及当事者家庭造成了巨大伤害，对职业学校的办学声誉和社会形象也带来很大的负面影响。结合朱永新教授关于德育的论述和职校生的情况，我觉得应该从以下四个方面来进行德育工作：

# 一、要从日常行为规范的细节着手，引导学生正确看待自身的不良习惯，逐步养成良好的行为方式

相当部分职校学生表现出"自我无能、社会无情、学习无效、努力无果、升学无门、就业无路、生活无趣、人生无望"的消极状态。其典型心态主要表现为几个"无"：一是无能感。他们的思维模式是"我不行""我不能"，容易产生"我无能为力"的判断，常常以"我不会""我不懂"作为托词，即使成功了

也认为是偶然的，而非自己努力的结果。二是无用感。部分职校学生认为自己是被嫌弃、遭淘汰的对象，没有理想前途、没有发展机会、没有专业志向，即使自己努力，积重难返，也不会有什么改变，因而听任摆布、听天由命。三是无聊感。部分职校学生对学习失去乐趣，无所事事、放纵自我，或沉溺网络，或谈情说爱，或抽烟酗酒，以此来麻痹心灵、逃避现实。四是无责感。部分职校学生责任担当意识淡薄，行动表现漫不经心，缺少自觉性。五是无望感，部分职校学生自己改变不了消极命运，觉得生活、生命没有意义和价值，陷入失望、无望甚至绝望的境地，随之而来的就是各种不良习惯的滋生。我们的德育工作应从日常行为规范着手，从纠正不良行为习惯做起，逐渐将学生引入健康良好的轨道。

## 二、要善于发现学生的进步，树立榜样，积极引导，形成良好的班级氛围

思想决定行动，理念引领实践。职校教师要树立正确的教育理念，认清职业教育不是单一的知识传授或技能训练教育，不是"补差"式教育，更不是学习"失败者"的教育。要允许学生有差异并尊重学生的差异，找准并创造学生"最近发展区"，从基础水平、接受能力、个性差异出发，制定既能让学生接受又能激发潜能的教学目标和要求。

"既要量学生之力，又要设置一定的'门槛'"，教师们要能运用好这样的技巧。教师可以和学生共同制定切合实际、经过努力能够达到的学习目标，再将目标细化成若干阶梯状的小目标。由于小目标实现难度不大，学生往往容易主动去尝试，当一个小目标达到后，成功的喜悦会增强他前进的信心，为达到下一个目标奠定心理基础。

要转变对待学生消极的教育态度，以欣赏和发展的眼光看待学生，提高对学生成长的成就期待，激活学生的自我期望，使他们能够自尊、自爱、自信、自主、自立、自强。对于职校生在学习中主动进取的表现和过程中微小的进步，职校教师都要做出及时、肯定的反馈。

## 三、要将严格细致的管理与关心爱护紧密结合,让学生真正感受到严格管理就是一种深沉的爱

新教育,是爱的教育。爱,是新教育存在的理由。要想在德育管理中抓出成效,严格细致的管理是不可或缺的,但是也会招致学生的反感和抵触,使工作处于无效的可能,陷入吃力不讨好的窘境。因此关心和爱护是必须的,只有让学生深切地感受到教师的严格是为了自己今后更大的发展,学生才会自觉自愿地听从指导。

## 四、要做好学生的思想疏导工作,引导学生崇尚真善美,远离假丑恶,做一个健康向上的人

社团建设是积极职业教育的有效手段和重要内容。学校组织学生社团兴趣活动,坚持鼓励引导和学生自主选择相结合,活动项目体现"八个性",即多样性、专业性、艺术性、健身性、趣味性、学科性、渗透性、教育性,通过活动发挥学生的个性特长,促进学生多元发展。学校还举办各种才艺竞赛活动,如艺术节、技能节、体育节、社团节,开展征文比赛、红歌比赛、书法绘画比赛、摄影比赛、校园技能大赛等,为学生提供自我展示的舞台,让更多的学生收获成功体验。学校还利用并创造机会,让学生参加实践,校内创业园、社区和合作企业等都成为学生学习和实践的基地,社会调查、劳动锻炼、志愿服务、创业实践等都是很好的实践形式,可以让学生在实践中体验更加充分、更高层次的"自我实现"。

要以积极、和谐和发展为取向,有目的、有计划地增进职校学生素质与幸福感,着力让每一个职校生都有人生出彩的机会,让每一个职校生都拥有积极阳光的个性,让每一个职校生都享有和谐幸福的人生。

朱教授用一首诗歌表达了他的教育思想:教育是一首诗,诗的名字叫热爱,在每个孩子的瞳孔里,有一颗母亲的心。教育是一首诗,诗的名字叫未来,在传承文明的长河里,有一条破浪的船。是啊,生命中不能没有爱与心,教育中更不能没有爱与心,以爱育爱,以心换心,我理想的课堂是和谐的、活泼的,充满幸福感的。

## 从马云的团队管理想到的……

王小玉

一眼从学校刚发的几本书中看到"马云"两个字时,心里就不禁直犯嘀咕:马云?一个商业巨子,而我,一个穷教书匠!他管理的是企业,而我管理的是学生!这之间好像八竿子打不着的关系,学校为什么会建议我们看这样的书呢?难不成想让我们弃教从商?

带着一连串的疑问,我耐着性子认真阅读了《马云:我的管理心得》这本书之后,头脑也渐渐变得明朗起来,似乎也能从中找到答案了。对了,对于担任班主任的我,"管理"两个字难道不是我们之间的契合点和共性的东西吗?虽然我们彼此管理的对象不同,但是管理的思想理念、方法手段、规律原则、目的结果等却是如出一辙,有着高度的相似之处!管理的最终目的不就是要打造一个强大的团队吗?企业团队管理如此,班级管理也理应如此!作为当今中国当之无愧的"创业之父",马云独特的管理风格总是被人们拿来琢磨和学习。他的思想和行为总是与常人有异,他打破常规的逆反思维往往给人带来深思,出人意料的"马云语录"更是发人深省。今天我也想借借马云这块"他山之玉",看看能否起到攻克班级管理"之石"的作用!下面就马云的团队管理心得对班级管理有何借鉴的地方来简单谈谈个人一些粗浅的认识:

### 一、在用人方面,不用最好的,只用最合适的

在马云看来,只要一个人具备一定的能力,并且认同企业的价值观,愿意和阿里巴巴一同成长,那么,不管这个人是名牌大学毕业的高才生,还是普通院校毕业的学生,马云都欢迎他加入到团队中来。

这点跟班级管理中班干部的选用是尤其的相似!或许某些学生各方面的能力

相对于其他同学来说并不是最突出的，但是往往在胜任某一班干部的职位时却又是再合适不过的。打个比方来说，一个原本学习成绩或许并不理想的学生，如果他有敢管敢抓的作风、有主动参与管理的热情、有积极肯干的态度、有认真配合工作的强烈意愿，是不是让他担任纪律委员一职比较稳妥呢？同样，对那些心中装有班级，认可班级，愿意和班级一同成长的学生，我们没有理由不为他们敞开这扇大门，不能不为为人善用提供机会！

## 二、不是因为你能做什么，而是你该做什么

为了纪念阿里人在"非典"时期所表现出的果断、团结、敬业、互助互爱和永不放弃的精神，2005年4月20日，马云宣布将以后的每年5月10日定为阿里精神日，他说："但凡一个人乃至一个公司，要成就其非凡的伟大，必经接受并战胜非常的困难和挑战，让阿里之所以为阿里，让阿里人之所以为阿里人。"

马云的这句话尤其在班级管理中越发显得重要了。平时在班级管理中会遇到一些同学遇事无动于衷，没有作为而批评他们的时候，他们还会挺委屈地说："其实我也可以这样做的，也能做得好，可是老师您没安排或是指定我做啊？"所以说让学生学会该做什么而不仅仅是能做什么是迫切需要解决的问题，引用台湾高振东的话来讲就是凡事要把它看作是"我的责任"。应该让每个学生把责任拉到自己身上来，而不是推出去。比如说当老师一看到教室卫生状况不如意而皱起眉头的时候，这时需要的不是光有向老师打报告说今天是谁谁谁值日没有把卫生做好的学生，而是希望有学生主动站出来跟老师说："老师，对不起，这是我的责任！"然后马上去打扫。如果都能让每个学生知道自己不光会做什么而是该做什么的时候，那么班级管理就不用老师那么费心了！同样道理，如果人人都有"天下兴亡，匹夫有责""以天下为己任"且时刻自觉付出行动的话，所有的一切就不再只是纸上谈兵，如果这样，国家不兴盛的话那是前所未有的事了！

## 三、用人最大的突破在于信任人

马云曾说过："创业最大的突破和挑战在于用人，而用人最大的突破在于信

任人。""疑人不用,用人不疑"这一法则在班级管理中何尝不是如此呢?举例来说,如果你仅仅是因为在某些工作上出现了一些小疏忽而一味去全盘否定一个学生的所有能力的话,不但会让学生的自信心受挫,而且也会让其他同学对他的工作能力产生怀疑,甚至会把很多事情推诿在这个学生的能力问题上,这样一来,对那个同学来说是致命的打击,也不利于他今后积极主动去参与班级管理了。有时候放手是一种尊重,也是一种信任。学会适时放手,是给学生更多的机会和责任,是对学生发展潜能的信任。老师过细的管理,过多的要求对学生来说往往是过度的束缚,会让青春期的学生从内心深处陷入不信任的委屈和孤独,感觉得不到老师的理解,甚至往往用冷漠和逆反拒绝老师的要求和建议。所以在班级管理中要充分放手让学生学会去管理、去担当、去协调、去创新,只有适当地留一些空白,引导学生积极参与,放手给学生锻炼和实践的机会,并给予学生足够的信任,才能提高学生的动手能力,增强班级凝聚力和学生的责任感。

当然,马云先进的管理理念还有很多精辟独到之处,对我们的实践活动也起到了很好的借鉴作用,但我们也不能全盘照搬,班级管理也要根据实际情况来稳步推进,要想打造出像马云一样的团队也不是朝夕之事,还需要我们有不断实践、积极探索、大胆创新的精神。总之,管理好班级任重而道远,就让我们一起与马云共勉吧!

# 用整个的心做整个的教师

## ——读《陶行知教育名篇精选》有感

蒋 靳

对于陶行知这位"伟大的人民教育家"（毛泽东语）、这位"万世师表"（宋庆龄语），我们了解得更多的是他的"教育为公以达天下为公""教育是立国之本""千教万教，教人求真；千学万学，学做真人""捧着一颗心来，不带半根草去"等这些脍炙人口的教育名言。而再读《陶行知教育名篇精选》，除了这些名言外，有两篇文章给我留下了深刻的印象并引发了我的思考。这两篇文章分别是《学做一个人》和《整个的校长》。

在《学做一个人》中，陶行知先生提出要做一个整个的人，别做一个不完全、命分式的人。他指出有五种人不能算是整个的人：一是残废的；二是依靠他人的，他的生活不是独立的，他的生活只能算是他人生活的一部分；三是为他人当作工具的，这种人的性命，为人所支配，没有自己独立的人格；四是被他人买卖的；五是一身兼管数事的。

陶先生希望诸君至少要做一个人；至多也只做一个人，一个整个的人。他认为做一个整个的人有三种要素：一要有健康的身体，二要有独立的思想，三要有独立的职业。

由此我想到了教师——做人要做整个的人，那么做教师也应该做整个的教师。诚然，作为教师我们有健康的身体，有独立的职业，我们没有被他人买卖，但是认真对照一下陶先生的文章，我们能不能算作一个整个的教师呢？这是个很值得思考的问题。

第一，在教学上我们有没有依靠他人？扪心自问一下，现在还有多少教师会认认真真地钻研一节课怎么上。网络的应用大大拓宽了我们的视野，给我们的

生活学习工作带来了极大的便利，但同时也助长了我们的惰性，不管需要什么网上搜索一下就解决了。于是，要备课——百度，写教案——百度，做课件——百度，写论文——百度，有了任何疑难问题都可以找百度解决，百度显然成了我们教学上最便捷的工具。我们依靠甚至依赖百度，整个教学过程都要借助百度才能完成。久而久之，我们还会独立思考和探究吗？我们还能自己备课、自己写教案吗？我们还能开展真正的教学教研吗？许多习惯了快餐文化的年轻教师，更是把"百度"当成了法宝，不分对错、不辨真伪地"拿来"。岂不知，网络在给我们大量信息的同时，也混杂了很多错误的知识。

  人们常说"教师就是一面镜子，学生就是教师的影子。"如果教师都不能独立完成自己的教学任务，又有什么底气要求学生独立完成作业呢？

  第二，我们的教学是不是在为他人当工具？这样说可能有人不理解，举个例子：同样的一个内容、同样的45分钟，有的老师讲课举一反三生动形象，有的老师却局限于课本讲得枯燥乏味。究其原因就是对教材的理解和挖掘不一样。一个教师如果对教材不理解，挖掘不出教材深层的东西，讲课就只能照本宣科。这种做法其实就是在为教材当工具，这个工具的名字叫作传声筒——教材的传声筒，这当然不能算作一位整个的教师。

  要想成为整个的教师，就要有独立的思想。这里所说的独立的思想指的是教师对教材独自的理解。教师只有自己理解、吃透了教材，才能教给学生灵活的方式方法，而不是告诉学生一个个僵硬的"死知识"。正如陶行知先生说的："好的先生不是教书，不是教学生，乃是教学生学。"而教师对教材的理解不是凭空出现的，这要求教师要有积极的精神，要有钻研的态度，要有一颗虚心学习的心，要有判断是非的能力，否则就只能人云亦云，做简单的传声筒。

  第三，身为教师我们有没有一身兼管数事？陶行知先生认为："人的一分精神只能专做一件事业，一个人兼了十几个差事，精神难以兼顾，他的事业即难以成功，结果是只拿钱不做事。"陶先生在他的《整个的校长》一文中也说道："整个的人的中心，只放在一桩主要的事上。他的心分散在几处，就是几分之一的人。""为国家教育计，为个人精力计，一个人只可担任一个学校的校长。""国家把整个的学校交给你，要你用整个的心去做整个的校长。"校长是这样，教师又何尝不是呢？教师就应该是纯粹的教师，一个教师兼管的事务太多，必然会影响到他的教学。试想，如果一个教师既是班主任，又兼管行政工作，同时还承担了两三门课的教学任务，结果会怎样？要么他把主要精力放在一件事上，其他工作敷衍了事；要么他哪个都想做好却哪个都做不好。

因此，一方面作为学校应该尽量避免一人兼数职，或一人承担多门课程的安排，另一方面教师也应该把全部的精力用在教学上，而不能被诸如课外补习、兼职、生意之类的私事杂事分了心。既然选择了教师这个职业，我们就应该用整个的心去做一位整个的教师。

最后，借陶行知先生的一首白话诗共勉：

> 滴自己的汗；
> 吃自己的饭。
> 自己的事，
> 自己干。
> 靠人，靠天，靠祖先，都不算好汉。

# 从春天里出发

杨 英

去年冬天，学校首届读书节，给老师们提供了几本书。今年春天，静心一段时间，粗阅其中的《有效教学方法》和《以经营促发展》，感触极深的便是书中的表述皆围绕"有效"一词：做一名有效的教师，实施有效的课堂教学；以有效的思路管理学校，以有效的经营促学校发展……

"天下职教是一家"，社会上流行这样一句话。这句话透出天下职教人的不容易，职校的校长们忙于摸索一条让学校办出特色、办出社会效益的路子，职校的教师们忙于探索一个适合职教课堂模式、体现教育尊严的途径。两本书籍告诉我们，作为一名职教校长，应该有明确的办学理念、正确的管理思路、有效的管理行为，学校方能体现显著的社会效益；作为一名职教教师，应该有有效的教学方法、有效的教学管理、有效的教学行为，方能成为有效的教师。

书中知识是一回事，实践起来困难不少，毕竟"借来的火，照不亮自己的心灵"。但我们若把借来的东西，加以自己的努力，终是可以让自己的路越走越光明。

本人一直在岗位上努力追求，追求成为一名有效的教师，《有效教学方法》一书给我的教学生涯带来一盏明灯。此书将有效教学行为归纳为"清晰授课、多样化教学、任务导向、引导学生投入学习过程、确保学生成功率"5个步骤。

这不正是学校一直实践"目标教学"和探索"三融"课堂所需要的吗？

清晰授课，要求教师能清晰解释学习目标，清晰解释概念，使要点易于理解。但在实际课堂上，我们常常跑题，不能清晰并直接与学生交流或所讲的话超出学生的理解水平，削弱了内容呈现的清晰度。故在我们的目标教学中，学校要求我们必须呈现明确的学习目标并正确解析、检查与本课学习任务相关的旧内容是多么的重要。

多样化教学，这是指多样地或灵活地呈现课时内容。学校如今是集体备课，有些学科的教案是集体备课后的结晶，但我以为，即使是统一的教案，我们也应该针对不同的学生、不同的专业，在学习材料、安排活动和展示方式上有不同的运用，这样，课堂上学生发呆及趴桌睡觉等现象就会大大减少。

任务导向，这个学校近几年的教学改革里出现频率最高的词汇，我们再熟悉不过。我们计算机备课组里，就一直坚持实践"小组合作，分段达标"的课堂模式，分段达标其实更多是任务驱动方法。但书中所及"任务导向"却是指把多少课堂时间用于教授教学任务规定的学术性学科，要求教师的任务导向应该为学生提供最多的学习机会去学习。我认为书中所提与学校做法多少有异曲同工之处，即都是设计出切题的多种材料让学生获得更多的学习机会，那么这个课堂上的学生成功率就可能更高。

引导学生投入学习过程，这是学校"三融"课堂的终极目标：通过各种渠道及方式关注并要求学生投入学习以提高课堂质量。但有时尽管我们可能在实践任务导向的教学，也可能为学生提供了最多的内容，学生却可能没有投入学习，表现在他们没有积极地思考或操作，这种不投入很多时候涉及他们或隐或显的情感上、精神上的漠然。要纠正学生的不投入可能很困难，它要求我们教师要改变知识技能的任务结构以及对学生的认知要求。在我的实际课堂教学中，经常会有看起来精神集中但实际上却在走神的学生，我会花一些时间纠正这些学生的不投入行为，比如，制造一些宽松的气氛或制定些规则满足学生的个性需要，确保设计的学习任务是有趣的并与他们生活相关的，给他们保留更多的时间让他们去思考并表达出自己所想的机会，在课堂里四处走动表明自己关注他们等。有时，面对学生的学习不投入，自己掌握的教学方法也会黔驴技穷，但我认为，纠正学生学习的不投入是我们教师必须做的！

确保学生成功率，指学生理解和准确完成练习的比率。我想，因材施教或分层教学是解决确保学生学习成功率比较有效的办法。课堂上，既有优秀的学生也有"学困生"，大部分还是一些普通资质的学生，所以，我们把学习内容划分为小块，使不同的学生在当前水平上轻易消化学习内容尤为重要。我常常在课堂上鼓励学生之间、他们与我之间的互动，借此形式让他们评估自己的学习。

在《有效教学方法》书里，还提出"利用学生的思想和力量、组织、提问、探询、教师影响"与有效教学有关的5个辅助行为。我觉得作为一个有效教师，"教师情感"是一个关键要素。我们的热情通过变化语调、有效手势、目光接触等多种方式传达给学生，让学生知道我们乐于用我们的热情和鼓励去帮助他们，从而创造温暖向上的课堂气氛。课堂上，学生能洞察我们老师行为后隐藏的情感，并且相应地做出反应，如果我们对学生漠然，学生自然也会放弃学习的责任。

教学是一项复杂的工作，教学的有效性在不同时期会有不同的要求，这值得我们不断地学习和探索。从这个春天出发，让自己一直走在有效教师的路上，做一名有尊严的职教教师。

# 感悟——过一种幸福完整的教育生活

## ——读《走在新教育路上》有感

王高平

手捧学校为每位教师购买的《走在新教育路上》《伟大也要有人懂——一起来读马克思》《敬业乐群黄炎培职业教育思想读本》《学校的挑战——创建学习共同体》《课程与教学的基本原理》等5本大杂烩书籍，大脑即刻浮现钱玲主任关于读书节的点评，内心突涌莫名的滋味。这种滋味说不清道不明，既有对这种读书方式的无奈，更有对自己作为一个决策管理者内心痛苦挣扎的拷问。

读书本来是一件非常愉悦的事情，老师们可以在知识的海洋中自由自在地翱翔，攫取自己所需的营养成分，既可丰富教育教学，也可修身养性。可是，一旦给读书强加那么一点东西，似乎一切就变味了。作为一名决策管理者，我一直在思考这种变化带来的影响，与其让大家这样应付式地阅读和复制粘贴，还不如好好地思考换一种方式不更好吗？

说实话，这5本书除了朱永新教授的《走在新教育路上》，其他4本我没好好地、认真地阅读，只是根据目录有选择性地阅读，倒不是这些书写得不好，而是自己沉不下心来阅读。之所以选择阅读朱永新教授的《走在新教育路上》，是因为多次在不同的场合听到有专家和学者介绍这位有过市长经历的教授，关于其对教育的新解，尤其是以他为首发起的民间教育改革行动——新教育实验。这个国家课题是一个以教师发展为起点，以营造书香校园、师生共写随笔、培养卓越口才、聆听窗外声音、构筑理想课堂、建设数码社区等六大行动为途径，以帮助新教育共同体成员过一种幸福完整的教育生活为目的的教育实验。其核心理念是过一种幸福完整的教育生活。新教育希望通过自己的努力，能够实现人的"全面和谐的成长"，能够让每个受教育者获得成功的智力、整合的智慧、高尚的德行、

丰富的情感。《走在新教育路上》这本书主要收录整编了朱永新教授从踏入教育学领域直至2013年关于新教育的各种论述共125篇。

作为一名师者,我一直思考新教育的核心理念——让受教育者过一种幸福完整的教育生活。这个理念是非常美好的,确实是我们每一个教育人所追求的理想目标。但是作为学校决策管理者,我个人认为,当前,我们更多要思考的是,不仅要让学生接受幸福完整的教育,更要让我们的老师每天都能够快乐工作、幸福地生活。那么,怎样才能让我们的老师快乐工作、幸福地生活呢?这是我想与大家一起交流探讨的命题,不妥之处,敬请谅解。

**思考一:什么是快乐?**

对于这个概念,字典的定义是觉得满足与幸福;心理学的解释是平静的、惬意的、刚刚好;而我个人认为,快乐是一种心境。当然啦!不同的人对快乐的理解也肯定不尽相同,但我始终认为,师之乐源于生之乐也!

**思考二:为什么要让老师们快乐?**

作为学校决策管理者,我一直认为,学校要发展就得先让老师们有所发展,因为只有老师们发展好,学校才能更好发展。我一直坚信,有名师才会有名校,而不是有名校才能出名师。在学校管理过程中,如果我们只考虑学校的发展,只想着自己的政绩,而忽略了老师们的发展和老师们的需要,纵然学校取得再大的发展又与老师们何干呢?我想,从此学校的工作将举步维艰,我们将失去老师们的支持,这是非常可怕的事情。因此,我个人认为,作为决策管理者,我们既要考虑学校的发展,更要考虑老师的个人发展,因为只有老师们发展好,他们才会快乐工作,学生才能过幸福完整的教育生活,不是吗?

**思考三:怎样才能让老师们快乐?**

说心里话,自从学校从白龙校区搬至白水塘校区、自从学校实施绩效工资、自从学校执行中央八项规定,我感觉老师们的快乐在一点一点地褪去。上班远了早出晚归,时间太长无人顾家,加班常有福利全无,工资不加开支更大,这是现实的写照。或许自己是第一个先到白水塘主持全面工作的副校长,所以我对老师们的内心世界特别关注也非常理解。因此,越是这样的时期,作为学校决策管理者，我们越得把老师们的个人发展放在学校发展的第一要素去考虑，否则，老师们的怨声会越来越大，久而久之，我们将失去老师们对我们的支持与拥护，水能载舟亦能覆舟也！我想这个道理再简单不过了。

那么，怎样才能让老师们快乐工作、幸福地生活呢？我个人认为，做好以下两点工作很重要。

第一，要让老师们觉得自己有存在感，觉得自己才是学校的真正主人。我始终认为，学校要发展，光靠学校领导班子是不可能实现的，我们必须依靠全体教职员工的力量，充分发挥他们各自的优势，而且任何时候都要让老师们觉得自己有存在感，觉得自己才是学校的真正主人。因此，这就要求我们的决策管理者在考虑学校任何工作的时候，必须谨记一切从老师们的个人发展和需要出发，不论是讨论学校规划还是制定管理制度，我们都得结合国情省情市情尤其是校情人情综合考虑，只有这样，我们才能够真正发挥老师们在学校的主体作用。我们只有把老师们的个人发展与学校的发展紧密相连，只有把老师们的个人需要当成是学校发展的需要，老师们才会觉得自己是学校的真正主人，自然而然地他们就会更加快乐地工作、幸福地生活。

第二，学校管理层要有服务的意识、到我为止的工作作风。我个人认为，作为学校的管理者，在工作上，我们必须要有全心全意为老师们服务的良好意识，必须要亲力亲为地与老师们一起共同完成工作，而不是在那里发施号令、指手画脚；在处理事情上，我们必须要做到不折不扣地为老师们排忧解难，而不是摆着一副高高在上的嘴脸；在解释问题上，我们必须要坚持凡事到我为止的工作作风，而不是把老师们的问题当作皮球踢来踢去、互相推诿；同时，我们必须要为老师们多做锦上添花的事，而不是在那里事不关己高高挂起。我想，只要我们的管理层在日常管理工作中按照这样的思路去开展工作，那么我相信我们的老师一定会快乐地接受工作、幸福生活，而不是坚决拒接工作。

总之，我始终坚信，只要我们的领导们在管理工作中严格遵照这样的思路推进工作，那么我们的老师就一定会做到快乐工作、幸福生活，而学生们自然而然也就过着一种幸福完善的教育生活！

# 一书一世界，一读一习惯，一写一财富

梁海珠

书，对老师而言，离得很近，又似乎离得很远。反思自己平时的工作，往往觉得很忙，无暇顾及很多事情。书，在书架上摆了不少，却很少阅读。然后自我安慰："不是我不想做（看），实在是太忙了！"这是很多老师的现状。受到自身和外界各种因素的影响，教师很容易就产生职业倦怠。教师需要放松心情，需要快乐生活，需要愉悦工作！朱永新教授的《走在新教育路上》认为，教师成长有"吉祥三宝"：专业阅读——站在大师的肩膀上前行；专业写作——站在自己的肩膀上攀升；专业发展共同体——站在集体的肩膀上飞翔。所以，书籍是我们教师成长不可缺少的精神食粮。教师要关注自己的内心世界，追求灵魂和精神的充实，而要想做到这一点，就要多读书、多写作。

## 一、以书怡情，调整状态

培根说：读书足以怡情，足以博彩，足以长才。其怡情也，最见于独处幽居之时；其博彩也，最见于高谈阔论之中；其长才也，最见于处世判事之际。

要学会在繁忙的工作中抽时间读书。教师虽然工作很忙，但并不是一点儿时间也没有。鲁迅曾经说过："时间就像海绵里的水，只要愿挤，总还是有的。"挤一点儿时间用来读书，比上网聊天、购物和玩游戏要有意义得多。工作闲暇时，如果能静静地读一会儿经典美文，舒服地读一个教育案例，既能愉悦身心，又能缓解疲劳，真可谓一举两得。在信息教育飞速发展的今天，我们可以阅读的书籍和查找的资料越来越多，所以找时间利用网络阅读可以说也是一条不错的路径。

借用朱永新教授的话：对我来说，读书也是一种行走教育的方式，书香世界也是一道美丽的风景线。一个人的阅读史就是一个人的精神发育史。走进书香世界，拥有完美人生，我愿意永远做一个快乐的读书人。朱教授带着一批教育界优秀工作者走在新教育实验的路上，做着一个个实验，收集着一串串案例；而我们，可以在家阅读着《走在新教育路上》，感受着每一位教师的工作，吸收着一批批经验财富："三心"铸就李镇西、务实创新奚亚英、日知日行张菊荣、勤于"三耕"乐为师的孙惠芳……

## 二、以书养性，补充营养

一个人的精神发育史，就是你的阅读史。在人的所有发展史中，精神发育是最重要的，因为人之所有为人，人区别于其他一切、超越所有的动物，在于人是一种精神的动物，人的精神是与生俱来的，你一出生就带着一种人的精神来到这个世界。但这还只是一粒种子、一株幼苗。人，之所以成为万物之灵，从某种意义上讲，是因为人通过不同渠道，接受了不同程度和内容的教育。

教师读书既可以保持教学的"源头活水"，保持职业不倦不怠的活力，又可以保持心灵的润泽、灵魂的高尚，从而使自己成为一个有思想、有智慧的教师。教师读书，不仅是寻求教育思想的营养、智慧的源头，还要塑造人生理想与人格力量。让读书改变我们的生活，让读书创造我们生命的喜悦；让教师更有教育的智慧，让教育更美丽。这正所谓是"问渠那得清如许，为有源头活水来"。

朱永新教授的《走在新教育路上》一书让我领略到了新教育实验学校教师的风采，读书滋养底气，思考带来灵气，实践造就名气。

教师要把读书和思考结合起来。子曰："学而不思则罔，思而不学则殆"，就是要提醒大家读书不能看热闹，要学会思考。只有把读书和思考结合起来，才能让阅读深入我们的内心，渗入我们的灵魂和血液，这样的阅读才算得上是真正的阅读。

## 三、以书养生，精彩校园

莎士比亚说："书籍是全世界的营养品，生活里没有书'记'，就好像没有阳光；智慧里没有书籍，就好像鸟儿没有翅膀。""书"，读书；"记"，笔记。教师

多阅读的同时,要坚持写读书笔记,写随笔,写教育故事。表面上看,教师的写作只是记录自己的生活,其实,是在书写自己的历史。为了写得精彩,必须活得精彩、做得精彩。教师,尤其是年轻教师,如果真正做到坚持写自己的教育故事,写自己的喜怒哀乐,必然会养成教育反思的习惯,必然会形成坚忍的意志品质,必然会建立自己的教学风格。

教师的读书应与教学联系在一起。我们很多教师在备课上花了很多时间,可效果并不理想,原因是教师只关注教材与教参,"没有超越教材和教参的属于自己精神文化的东西,没有自己的教学风格";我们有些年轻教师,把"老"教师的教案或课件原封不动地拿来使用,课堂上却往往捉襟见肘,破绽百出。什么原因?只因年轻教师自身的文化素养不够,不能很好地理解老教师的课堂设计,自身经验的欠缺,使其不能尽得其妙矣。而一个文化积淀很厚的教师,不仅会看教材和教参,更关注课外大范围的文化。因为读书,有了属于自己的思想和话语,就能够"旁征博引,纵横捭阖,进入教学如神"的境界。教师多读一些教育理论和经典教育案例,多与一些名师进行心灵对话,能提升教育素养,升华教育手段,甚至能改变教育人生;多读一些名著,会变得文雅和博学,洞察世界,感悟人生,驰骋寰宇。古人云"教学相长",教师做到教学相长,是教育的最高境界——学生向老师学习,老师向学生学习,在教与学的过程中,互相促进,共同进步。

一名喜欢读书的教师,具有感应世界、独立思考的能力,能带领学生在知识的海洋里神游,能敞开胸怀接纳学生的个性,充分挖掘学生潜在的创造力,开拓出更深刻的心灵;一名喜欢读书的教师,有准确把握真、善、美的能力,能以高尚的人格魅力熏染、感染学生,传授给学生真理和人生的真谛;一名喜欢读书的教师,能带动更多人读书,创设浓郁的阅读氛围,整合丰富的阅读资源,开展多彩的阅读活动,使学校成为传承优秀文化的阵地、师生共同成长的乐园。教师最要紧的是能够"沉"下去,沉到课堂里去,沉到学生中去,沉到教育教学实践中去,通过教育随笔,通过教育叙事,与学生共同编织有意义的人生。

专业阅读、写随笔如同一次充满挑战的旅程,需要耐心、沉静、持之以恒。

夹缝中的阅读、学习，《走在新教育路上》的点点滴滴，让我弃绝浮躁，真正沉入书籍深处，沉入教育底部，感受到了教育的美好与灵动，享受到知识的魅力与快乐，心灵获得一种别样的宁静！

坚持好的阅读习惯，将享受书中的美妙世界！坚持写教育随笔，会收获心灵的感悟、丰厚的财富！

# 教学实践篇

# 有效教学源自有效教师

## ——《有效教学方法》读后感

王高平

自开展课程改革实验以来,关于"有效教学"这个话题的讨论就从未停止过,到如今似乎有点老生常谈的感觉了。什么是有效教学?所谓有效教学就是指通过教师在一段时间的教学后,学生所获得的具体进步或发展。在我看来,教学是一项复杂而艰巨的任务,尤其是面对咱们学校的学生,要把他们教好让他们想学、愿学、乐学是件不容易的事情,这就要求我们的老师要有自己独特的招数。这段时间来,由于有写读书心得的任务,本人一直在阅读《有效教学方法》一书,在阅读的过程中,自己一直在思考,这些年来,自己的教学有效吗?如何才能做到有效教学?本人认为有效教师是实现有效教学的前提保障。

"有效教师"研究是从有效教学以及教学效能研究中衍生出来的。书中说"要做一个有效教师,他必须像所罗门王那样高明,像西蒙·弗洛伊德那样深刻,像阿尔伯特·爱因斯坦那样渊博,还要像弗罗伦斯·兰丁格尔那样富有奉献精神!"而本人认为有效教师不只是单纯地教知识,更多的应该是传播人生的信念,至少有效教师应该是受学生喜欢的教师。当一年一度的学生不记名评价教师教学反馈单到手时,那些"老师专业知识很丰富,生活常识很受用,笑容很亲切,上课有激情,对我们要求很严格等"的话语,其实就是学生眼中对好老师的评价,他就是个"有效教师"。因为在有效教师的评价标准中一个突出的标志就是教师对学生的生活产生"更大的、更积极"的影响,他能够成功地帮助学生获取真知。有效教师是一个魅力四射的教师,是一个对学生满怀期望的教师,一个值得信任的教师。

我认为,要成为一名有效教师应基本具备以下素养品质:

## 一、积极向上的阳光心态

常言道：部队是铁打的营盘流水的兵，其实学校也是这样的。作为学校主导的我们一年年老去，但每一年都会有新的年轻的生命踏入我们的校园，他们带来的是青春的气息，生命的蓬勃，当然也有成长中的叛逆，年少中的无知与顽皮。有人说：积极心态像太阳，照到哪里哪里亮；消极心态像病毒，传到哪里哪遭殃。很难想象一个紧缩眉头、没有笑容、满脸厌烦的教师，能够教出心态阳光积极向上、对人宽容的学生。

## 二、牢固扎实的专业知识

学校每年都会举行各种教学赛课观摩活动，听课时，我们常会发现即使同一学科同一教学内容，不同的教师其教学的效果都大相径庭。究其根源在于，不同的教师其自身的专业素养都会存在很大的差异。作为学生，他们虽然无法同时享受两位教师授课的待遇，他们虽然无法选择自己喜欢的老师，但是，我们别忘了学生们私底下是相互交流的。我们经常会听到学生说：某某班的某某老师比我们班的某某老师上课要好，当然学生的这个"好"不一定是标准的、客观的，但在一定程度上是对我们教师的专业知识素养的一种衡量。当前，由于我们处在学生没有升学压力的教学氛围下，试想我们教师自己在大学里学到的那些专业知识还存几成？我们在同行中还有多少竞争力？因此，我认为作为一名有效教师至少在自己的专业知识上要不断巩固和更新，要不断使自己肚中的那点"水"活起来。

## 三、有效课堂的管理手段

课堂是我们教师教学的主阵地，我们每个教师都有各自的个性特点，所以也就有了不同的教学风格。但每个教师都要面对的是如何管理课堂，怎样有效地管理课堂从而保证自己的备课得以实施，保证学生最大限度地有效学习，这是一门学问，也是一门艺术，这一点从那些值得尊敬的名师的课堂体现得更加明显。我认为，在我们中职课堂中，我们的教师更应该关注学生课堂学习的态度，因为我们的学生没有升学的压力，相当一部分的学生在课堂上是不参与学习活动的，这就使得课堂的教学效果大打折扣。如果我们能够根据学生及课程的特点，制定出一套以奖励为主的"平时成绩课堂挣分制"，并在课堂中认真实施，实践证明，对多数原本不参与教学活动的学生是可以起到一定的积极作用的。在我看来，高成功率的教学，有利于提高学生的自尊心，增强学生对学科内容和学习的积极态度，是有效教师最大的追求。我认为能够组织和安排产生中高水平成功率的教学，是有效教师的标志性特征。

当然啦！成为一名有效教师固然可以有很多评价指标，但以上三点或许是不可或缺的重要组成部分。在我看来，让学生喜欢你的课，从心里感激你，那么他们的学习兴趣会日渐浓厚，知识和智慧会不断增长。如果毕业多年的学生还能想起你的课堂等，这就是一名有效教师的收获。

# 思考有效教学，践行有效教学

## ——读《有效教学方法》有感

冯 浪

我如何能提高学习者的成就感？我如何满足学习者的社会情感需要？那些最有效也最有经验的教师高度重视学生（影响），他们的兴趣以学生为中心。

——（美）加里·D.鲍里奇

美国作家加里·D.鲍里奇著的《有效教学方法》一书，融教育学、心理学、社会学等理论于教学实践，本书最大的特点是案例多、实践性强。作者通过演示有效教学方法的具体例子和课堂对话，不仅点明要达到的结果，教师应进行哪些活动，同时还展示了怎样去获得这些结果的方法。作者用漫谈的风格，呈现操作性、现实性、有实践基础的有效教学方法，是理论与实际工作相结合的典范著作。

本书第一章就"有效教师"进行了具体的分析，并指出"要使教学有效，必须精心安排许多行为，形成某种行为模式"（第16页）。正如唐代诗人韩愈所说"业精于勤，荒于嬉；行成于思，毁于随。"我想结合本书就业精于勤、行成于思两方面谈谈自己的体会。

## 一、业精于勤：重视有效教学的五种关键行为

本书第8页阐述了"促成有效教学的五种关键行为"。作者指出，有效教学至关重要的五种行为是：清晰授课、多样化教学、任务导向、学生投入以及学生成功率。"这五种关键行为是有效教师的骨骼"，作者以表格的形式逐一将五种行为的指标要求进行阐述，并列举了相关教学策略示例，可谓用心良苦。

细读"清晰授课"一节，发现鲍里奇从美国教育工作者的角度分析有效教学如何清晰授课。作者指出，"清晰的教学是一个复合行为，它与许多其他的认知行为相关联，诸如内容组织、教师对课文的熟悉以及授课策略选择等"。按照我国的教育学和教学法的要求，我将第9页的表1.2"清晰教学的表现"理解为：目标要清晰、内容要清晰、课堂组织要清晰、学情要清晰、重点要清晰、语言表达要清晰、总结要晰清。其实这都是认真钻研教研、深入了解学生情况、苦练教学基本功的前提下产生的教学行为。可见，有效的课堂，基于勤奋的钻研和精心的准备。

再看"确保学生成功率"一节，作者指出"中高水平的成功率将使学生掌握课时内容，同时还提供了通过实践来应用所学知识的基础，比如批判性思考和独立思考等。在策略方面，这对于自我导向学习和学会学习做出了独特的贡献。"意思是说，我们的教学，不仅要让学生在课堂上有成功感，还要让学生通过课堂知识学习，在实践中可以运用，让学生在个人的成长中有成功感。在这方面，我是深有体会的：

**1. 确保学生成功率要关注个性差异**

本学期我新接手的烹饪班学生有个典型的特点：爱耍嘴皮。他们坐着的时候叽叽喳喳，甚至闹哄哄的，一点名发言，全变哑巴。我采取了以下几个措施：

（1）定规矩。首先，我请班长分析班级现状，当班长说"班级同学心地善良，但是该说话时说话，不该说话时也说话"的时候，我及时肯定班长的良苦用心，并提出，以后上课坐着说话的要处罚，站起来发言的学生有奖励。——肯定班长的成功。

（2）定方向。接着，我跟学生分享穷秀才巧用杜甫的《绝句》"两个黄鹂鸣翠柳，一行白鹭上青天。窗含西岭千秋雪，门泊东吴万里船"的诗句作为菜名招待好朋友的故事，启发学生：烹饪作品的出彩与语文素养息息相关；我们要给自己静心思考的时间，才能将自己积累的知识展示出来。——分享专业加语文的成功案例。

（3）抓典型。整节课学生们在分享与感悟的体验中，课堂秩序比较稳定，但

在下课铃声响的瞬间,学生们又本能地吵了起来。于是,我请一位比较活跃的学生等全班安静时再宣布下课。他很高兴,请同学们坐好后自豪地喊"下课",大家整齐地起立下课。——启动典型带动集体的成功案例。

现在,经过一个星期的努力,这个班的课堂秩序比较稳定,学生上课的积极性也很高,因为他们大多数同学都能在我的课堂上有收获、被肯定。

**2. 确保学生成功率要提高学生的成就感**

鲍里奇在书中主要强调的是课堂的成功率,但我以为,中职学生的成功率,应该关注学生未来的就业与发展。按照我校"三融"课堂的理念,我将语文教学专注于学生的实际运用上,以"开口能说,动笔能写"为宗旨,加强日常口语表达训练,巩固常用汉字的书写,注重常规应用文的训练。比如,我对"总结"的写作进行举一反三的练习,通过实践活动组织小组编写"简报",结合岗位工作实际进行"记录"教学,每节课进行口语表达专题训练。至于《林黛玉进贾府》这样对中职生略有难度的课文,我只要求学生了解主要人物关系,欣赏典型的人物描写语句,从而普及文学名著常识。这样,学生在课堂上有兴趣学,想学,也学得会,特别是他们在工作岗位中可以运用到,因此,颇有成就感。

## 二、行成于思:思考有效教学的四个有效行动

加里·D. 鲍里奇著的《有效教学方法》主要针对美国的教学,但我们要学会有借鉴性地学习。我以为,不管是现在世界各地的有效教学论著、有效课堂研究,还是我们学校正在进行的"三融"课堂改革,其核心都是:行动起来,为学习者传递有用的知识与技能、情感与态度,还有价值观。概括起来说,"有效"之于教师,就是能够正面影响学生,对学生的发展有贡献;"有效"之于学生,就是学习的东西有用,能够转换为个人价值。基于这些观点,综观现在学校的教学现状,我们不得不行动了。

行动一:集体备课,不能重形式轻内容。现在我们的集体备课大多数是签名报到而已,没有深入地研究。有些是因为同一门课的人数太少没有形成研讨氛围,有些是因为没有好的领头羊带动大家。要改变无效的课堂,首先要改变这种

无效的集体备课。

行动二：课堂教学，不能重任务轻效果。巡堂发现，有些教师上课只是为了完成教学任务，学生睡觉的成功率高于听课的成功率，看与教学无关的电视电影的成功率高于获取知识技能的成功率。因此，我们要行动起来，加强巡查，改革教师评价制度，让我们的课堂教学更加有效。当然，如果每一位教师都能自觉地行动起来，视学生如自己的孩子，改变教学方法，注重课堂实效，自己会教得更顺畅，学生会学得更轻松，大家都会有成就感。

行动三：教学评价，不能重结果轻过程。我们每年有对学生的评价，也有对老师的评价，但许多评价现象却令人担忧：有些学科只为方便老师阅卷来出几道客观题；有些科目年年考那几道题，学生还是年年补考；有些学科的考试只是为了作秀，教师出题讲答案，找个时间大家秀秀答案，仍然有很多人不及格。我们是否应该思考：怎么样的考试更加科学？怎么样的评价方式更加符合我们大部分中职生的特点？另外，关于教师的评价能否具体些、有效些？

行动四：专业建设，不能重组成轻建设。学校的专业部组建近7年了，我想专业部建设的初衷是让教师教得更好，让学生学得更有成效。但回顾这几年的分分合合，发现人员的变动比较多，成果的积淀并不多。在队伍建设上，师生的归属感并不明显；在专业成果研究上，除了琼莱研究（但这与分不分部有关系吗？）似乎没有了。我们是否应该行动起来，研究各专业部如何建设得更深入？如何提高教师"教的成就感"、学生"学的成功率"？

也许，以上分析是片面的、表象的，因为我还没有进行相关数据的横向与纵向的比较。但我愿意从自己的课堂开始，把"有效"请进来，向"有用"发出邀请，让自己因为"有效"受欢迎，让学生因为"有效"促发展，让旅校因为"有效"创品牌。

思考有效教学，践行有效教学，我们更精彩！

## 我的课堂谁做主

### ——《有效教学方法之有效利用学生的观点》读后感

赵万慧

现在普遍较为流行的一句话：我的××我做主！在课堂教学中大家都知道学生是教学的主体，教师是课堂的主导，教师在上课前必须备课，而通常情况下备的都是教学计划中的教学内容，但是学生的情绪会随着环境的变化而改变，教师提前备好的课未必就是学生最想接受的，特别是遇到突发事件出现在课堂中时，就需要考验教师本人的应变能力以及解决问题的能力。

本人十分认同书中的"教师有效利用学生的观点（往往是错误的观点），把学生的经验、观点、感觉和问题吸收进入课堂"的主张，确实应即时解决学生的思想问题，即使不是教学计划的内容也无可非议。

事件回放一：2014年2月17日，本学期开学第一天，我走进一年级导游班，一进课堂便发现少了上学期几张热衷于专业学习的熟悉面孔，甚至连科代表也不见了，原本容纳58人的教室怎么略显空荡？原来班上有8名同学转到了省旅游学校，这无疑对剩下的学生是一个冲击！本人从一开始任教于他们，就不断地鼓励他们以考取导游证为最高目标，今天却有8名学生认为在我们学校考证无望而转学！学生们问我：老师，是不是我们就没有希望了？在这里就考不上导游证？我们是否也去转学？学校不希望我们转学是不是怕导游专业办不下去了？这不是我备课时准备的内容，但如果回避，那以后的课堂还有多少实效？基于此，本人临时改变计划，先解决思想问题，客观地分析两校的优劣利弊，让学生明白：如果不努力即使到了省旅校也考不上，反之，如果努力在我校一样考得上！考证的结果取决于个人的努力而非学校，学校也绝不会因此而停办此专业！学生们慢慢地平静了下来。在进入学科知识的教学中，本人更加注重引导学生关注重要专业知识点，为考证打下坚实的基础，让他们相信只要自己努力，在哪里都可以实现理想抱负。

事件回放二：某天，在上某个课上常有趴桌生班级的课时，我一走进教室就听到多数学生在大声议论学校再次强调不许向外订外卖的规定，已经因此被处分的同学更是愤愤不平，一时间课堂无法安定，学生们普遍对学校这一规定不解，因为他们认为在学校食堂吃一餐需要的经费和订外卖的经费是一样的，而在口感上外卖质量要远远好过校食堂，学校既然不让订外卖为什么不能让食堂的菜可口点呢？他们认为就是学校和食堂相互勾结来暴力地赚取他们的钱！并且公开地问我：老师你怎样看？作为一名非班主任的任课教师，这绝不是我教案中提前备好的教学内容，我可以完全无视学生的议论，巧妙地回避学生的敏感问题，在权威的强压下进入本学科教学，但随后的教学会有效果吗？本人一贯认为，教师传道、授业、解惑并不只停留在学科知识的传播上，更多的应是对学生人生观、价值观、是非观的分辨引导上。基于此，本人就暂停原有的教学内容，正如此书中提出的那样，我鼓励学生们将自己的观点表达出来，课堂气氛立刻活跃，但并不混乱，当我表达自己观点时，课堂上出现了从未有过的专注——他们很想知道老师到底是什么态度，同时也想知道学校为什么不让他们吃既经济又美味的外卖！可当我用一名家庭主妇的生活常识告诉他们，外卖之所以"香"是因为有地沟油和各种添加剂在发挥作用，学校之所以不允许订外卖，主要是为了他们的健康，并不是为食堂有钱赚，学生们沉默了。当我再告诉他们有一项统计表明世上有两样东西有99%的人都不满意：一是自己的长相，二是单位的食堂时，他们全都会心地笑了！在接下来的正常授课过程中，竟然没有一个学生趴桌睡觉，个个专注，课堂效果从未有过得好，令我十分震撼！课后询问几名常睡者，他说因为老师竟然可以利用学生的观点，在课堂上解决他们的实际问题，所以愿意学习了。我轻易间实现了教学效果的最大化，就这么简单！

总之，如果教师能在课堂抓住机会，有效地利用学生的观点（特别是错误观点），通过师生间的相互交流，将自己的正面信息传达给学生，最终使学生在反思中成长，那么即使这个错误的资源（学生的观点）不是预先备课的教学内容，也未尝不可！

# 《有效教学方法》读后感

吴春美

《有效教学方法》(第四版)是一本教育科学精品教材译丛,是美国教育家加里·D. 鲍里奇的作品。该书共分为十三章,每一章谈及一个教学中的重大问题,有生动的实际事例或统计数据作为根据,也有精辟的理论分析,很多都是教育教学中的实例。这本书以漫谈式的风格,展现了一些较有效的教学实例、教学方法和教学练习,对一线教师有较好的指导意义。通过阅读这本书,结合自己的实际教学工作,我学到了一些经过实践证明的有效的教学方法的理论,书中一些好的教学方法在我今后的教学实践中也可以加以借鉴,阅读此书,可谓深有感触,收获良多。

我作为一名教师,一名中等职业教育工作者,所面对的大多是文化基础差的中职生。他们缺乏学习积极性;缺乏钻研精神,缺乏积极的学习动机,学习目标不明确,学习上得过且过;没有良好的生活、学习习惯和方法。所以,在教育教学过程中注重课堂的实效和有效的教学方法就显得尤为重要。《有效教学方法》一书向我们介绍了促成有效教学的五种关键行为:清晰授课、多样化教学、任务导向、引导学生投入学习过程、确保学生成功率。在每个行为中又详细介绍了理念与操作方法,让我懂得,作为一名教师,在课堂上的表现非常重要,如何高效有效地完成课堂任务,让学生有效地掌握所学知识,需要一定的方法与技巧,而在文中都有着细致的介绍。下面就促成有效教学的五种关键行为谈谈个人的看法。

我认为清晰授课是作为一名教师的必备条件。教学是艺术,是无止境的,追求清晰授课实非一朝一夕之功,有时我会感到课堂时间不够用,甚至有时还会完成不了教学任务,总结其最大问题就在于授课不够清晰与直接,有时把简单的问题复杂化,有时讲话超出了学生的理解水平,有时则削弱了教材内容呈现的清晰度,达不到理想的效果。要做到清晰授课,就要做好课前准备工作:第一,上课前要广泛地查阅资料,写出合适的教学设计。第二,熟悉教案和教材,架起教案和教材与课堂的桥梁。第三,了解学生的专业及学习特点,有的放矢。第四,准备好充分的教具,使课堂教学锦上添花。只有做好课前的准备工作,教师才能够在课堂中清晰地解释概念,使学生能按逻辑的顺序逐步理解,同时教师语言清晰,就不会分散学生注意力,这样的教学才能够达到有效教学的目的。针对清晰授课,书中提出"有效教师"的表现:"使要点易于理解;清晰地解释概念,使学生能按逻辑顺序逐步理解;口齿清楚不含糊,没有分散学生注意力的特殊习惯。"书中同时还列出"欠有效教师"的表现,并通过列表形式展现清晰授课的具体方法和具体示例,非常具有实践操作性。

多样化教学,这一关键行为是指多样地或灵活地呈现课时内容,其相关表现为:多样的教学材料、提问、反馈和教学策略等。教师要善于选择方法,创造性地加以运用,力求使教学取得较好的效果,这又是《有效教学方法》中的好方法,因为方法本身无所谓好坏,但不同的方法有不同的使用范围,上课运用的方法要与教学情境相适合。例如,关于《全国导游基础知识》中的"四大名镇"这一知识点,可以采取表格法,让学生先自主探索,再分组讨论,得出结论,并选出小组代表把结论写在黑板上;也可以让学生采用模拟讲解法,每组各抽一名学生讲解一座名镇,组员进行点评,教师最后评价并补充知识要点。这样学生有了自我发挥的空间,施展了自己的才华,学习起来效果就更加明显,学习的劲头就会更充足。在教学中要根据教学目的、教学内容、教学对象、教学所用的课程资源等灵活选择教学方式,避免过于强调接受学习、死记硬背、机械化训练的现状,让学生主动参与,乐于探究,勤于动手。

教师的任务导向应该是为学生提供较多的机会去学习那些将要评估的材料,而不应该把过多的时间浪费在与教学内容无关的事情上,要对教学中可能发生的影响教学的事件有一个预测和行之有效的处理方法。课堂上教师授课应有准确具体的任务目标,围绕学习目标组织教学,让学生真正明确本节课的具体要求和学什么、怎么学,达到什么目标,盯紧教学目标不放,观察学生的学习状态和知识形成过程,及时跟踪反馈与测评,因为只有明确的学习目的,才能使学生达到目的需要。书中

谈到，老师用于教授特定课题的时间越多，学生的学习机会就越多。如果课堂上师生的互动集中于思维内容，使学生获得学习机会，那么这个课堂上的学生的成功率可能更高。对授课内容在时间上做出合理安排，这样才能够充分有效地传授教学内容，使得学生能够在有限的时间内获得较多的有价值有意义的知识。

引导学生投入学习过程，是课堂教学的关键。学生是课堂的主人，教师要引导学生主动参加教学活动，积极思考，人人参与，个个展示，没有学生的主动参与就没有成功而有效的课堂教学。课堂上学生的积极性是否得到发挥取决于教师的启发和引导，教师在课上要边教边观察学生的反应，根据学生的反应调节自己的教学。老师讲得再好，若学生没有积极地投入到学习中去，那么，这节课也是失败的。一旦发现学生反应漠然、注意力分散，要立刻找原因，通过调整内容、方法、管理三个方面去激起学生的积极状态。中职学生本身就具有活泼好动、精神不容易长时间集中的特点，作为老师，在教学中要充分考虑到这一点，可以设计一些具有探索性和趣味性的问题，以激发学生的学习热情。学生在学习中如果不断地得到成功的证明，必然会增强他们的自信心和学习兴趣。当然也可穿插一些小游戏，吸引学生的注意，争取让每个学生都能投入到学习过程中。如果学生太疲劳了，就该改个方法，如改讲授为议论或谈话，甚至讲个与课题有关的故事。

学生学习的成功率是指学生理解和准确完成练习的比率。确保学生的成功率，是学生能否建立积极的学习兴趣的关键。只有在教学结束后，每个学生学有所获，他们才会在不断的进步中，体会学习的乐趣，老师的教学才变得有价值。

《有效教学方法》一书实实在在地告诉我们如何成为一名真正能发挥自身价值的教师。教育是一种双向的行为，除了教师自身，我们更要关注我们的教育对象，他们到底需要什么？怎样做才能充分调动学生的学习热情？只有学生的内心发生了改变，把学习当作是一件快乐的事情，他们才可能变被动学为主动学，变要我学为我要学。

《有效教学方法》这本书确实给我带来了一些观念和方法上的启示，让我们不仅要做一名合格的教师，更要成为一名有效教师。

# 心中淡定，顺其自然

## ——小议教师自我情绪管理

赵万慧

马云，这位几乎无人不知的世界级能人，谁能想到其经历三次高考，才勉强被杭州师范学院以专科生录取。从杭州师范学院外语系英语专业毕业后被分配到杭州电子工学院，任英文及国际贸易讲师。这个在外貌、学历等方面曾经并不起眼的略显干瘦的男人，现如今却是阿里巴巴集团主要创始人之一。其曾任阿里巴巴首席执行官，一手缔造了电商帝国，是《福布斯》杂志创办50多年来成为封面人物的首位大陆企业家，曾获选为未来世界的全球领袖。看看他身上的这些耀眼光环，这让世上多少有志未成的勇者汗颜！

而我们则更是作为区区一名再普通不过的中职学校的教师，在人生个人成就上怎敢和马云相提并论！在阅读了《马云：我的管理心得》这本书后受到很大的启发：马云作为一名企业领导者，手下有千百号员工需要管理；我们作为学校的教师，坐满学生的课堂同样需要管理。

本人仅从书中第十章"自我情绪管理"来略谈对教师自我情绪管理的几点认识。

"情绪"就像人的影子一样每天与人相随，我们在日常的工作、学习和生活中时时刻刻都体验到情绪的存在给我们的心理和生理上带来的变化。从教育教学理论上，教师对教育教学的热情，对学生的爱心是管理好课堂情绪的前提条件。说得轻巧，做起来难！对于中职学校的教师更是勉为其难！多数来到中职学校的学生并不是出于对职业教育的热爱、对所选专业的向往，而是无高中可上，无工作可找，且来这里混混再说——他们没有学习目标，没有学业追求。而我们的教师则和普教学校的教师一样，接受过正规的师范教育培训，经历

过严苛的专业测试，只是机缘巧合地到了中职学校任教，教师心中的落差可想而知！

　　人不可能永远都处在好的情绪之中，老话常说人生十有八九为不顺，生活中既然有挫折、有烦恼，就会有消极的情绪。教师也会被生活中的各种琐事牵绊，也会有诸多不如意的事情影响我们的情绪，不可能每次走进教室前都是心情愉快的。但教师的情绪是教育学生的基本动力基础，它不但影响学生的情绪，影响学生的学习兴趣和智力活动，最终这个师生相互产生作用的课堂情绪会直接影响到教学效果。在教师的内心世界需求中，没有哪一个教师不希望自己的课堂生气盎然，但往往很多时候都事与愿违。一堂课的成败由诸多因素决定，但师生双方的"情绪"所起的作用一定不可小觑！要想实现预期的教学效果，作为教学主导者的教师，首先就应很好地进行自我情绪调节，尽力在学生面前保持一个良好的心态，激发学生的向上情绪，营造师生和谐的生动课堂氛围，顺利完成教学任务。具体来说就是：

## 一、课前——积极暗示

　　习惯上我们教师在备课时重视更多的是本学科知识的完整性和系统性，但对师生情绪的预测就忽略不计了，而事实已经无数次地告诉我们，"情绪"在课堂中有多重要！当我们兴冲冲地走进教室，如果看到的不是满怀期待渴求知识的眼神，映入眼帘的却是睡眼惺忪、无精打采的学生，甚至还有等你叫醒的"睡神"，教师的好情绪从何而来？作为一个心理应该成熟的教师，我们不是没有消极情绪，而是善于调节和控制自己的情绪。好情绪的到来需要自我激发，在走进课堂前应提前进行积极情绪暗示，对上课班级的学生情绪状态有个基本预测，自发地酝酿积极情绪，不能带着去"斗牛"的负面情绪走向教室。如果提前就想到了教室里这样的"睡态"，也就见怪不怪了。我们就可以很坦然地面带微笑走进课堂，利用课前相互问好的师生礼仪唤醒这些学生，并不去责怪他，想想他们利用课间休息，也未尝不可，到点不醒也很正常，我们也都年轻过，当这样想时你就不会为之动怒了。只要教师能够心平气和地面对这些"睡神"，在课前多花几分钟耐心地唤醒他们，多数学生都会很快进入清醒的上课状态。如果我们带着"以不变应万变"的积极情绪走向教室，不管教室里有何种不良现象，一般矛盾很快都能得到化解。

## 二、课上——动态调整

对于职业学校而言，课堂上如果我们教师一味地强调知识的系统性、完整性，只重视教学进度而忽略了学生的情感需求及情绪变化，师生之间的情绪不能产生共鸣，教师自说自话，学生我行我素，久而久之教师内心的职业成就感就会日趋下落，教学效果势必会大打折扣。情绪的变化有时取决于人对事物的看法，对事物的不同认识可以导致情绪的极大反差。在课堂上有时学生无意的一个动作、一句戏言就会让我们动怒，因为我们认为他们在故意捣乱，让自己难堪；同样，有的学生在受到老师的批评时，认为老师是在和他作对，故意刁难他，就会对老师产生厌恶甚至对立的情绪；而有些则认为老师是在教育他，帮助他认识到自身的不足。正是因为这些认识上的不同，才会产生情绪上的差异。将心比心，当我们能够认识到这一点，再遇学生情绪失控或麻木不仁时，教师就可及时调整自己的情绪，心中本着"人性向善"的基本理念，原谅他宽恕他，及时转移注意力，主动地缓和紧张气氛，不能只想着如何挽回自己的"面子"而迁怒于他人，久而久之，学生们就会知道老师的用心良苦。

## 三、课后——主动平复

不管课堂上学生的状态是如何的不佳，你心中是何等的失落，但只要下课铃声一响，也就意味着这一节课结束了，所有负面的情绪也应该到此结束。只要我们能够以宽容之心对待学生的过错，以期待之情看待学生的成长，那么再严重的课堂负面情绪也会很快得到平复，正如一首歌曲里所唱的：天空飘着五个字，那都不是事儿，是事也就烦一会儿，一会儿就完事！

**悦读旨趣**

　　教师要能及时地控制好自己的情绪，并非轻而易举，它需要教师不断地提高个人修养，同时真正把学生看作一个独立的个体，承认个体间的差异。相信人性本善，相信学生上课不听、不动，不是讨厌你，而是他们缺乏良好的自控力，只要教师不厌弃他，总有一天他们会想起曾经的你！我们不能改变的是环境，但可以改变的是我们自己的心境！做情绪的主人，任凭环境千变万化，悦己愉人，何乐不为？！

# 兴趣导航设计中职计算机英语教学活动初探

## ——读杜威先生的《兴趣在教育理论中的地位》有感

钟钦恒

在教育教学中，我们教师往往遇到这样的一种尴尬情形：同是一门功课，有的教师授课很受学生的欢迎和肯定，学生也学得津津有味；但是有的教师绞尽脑汁辛苦设计的教学活动无法实施，或实施中达不到意中的效果，无法活跃课堂气氛，学生主动性难于激发。在对教学活动设计的失败案例进行综合分析后发现，其中一个重要的原因是所设计的教学活动无法或难于激起大部分学生的兴趣和关注，日久后，学生对这门功课产生了免役般的反感。

杜威先生在书中写道：每一个冲动和习惯，凡能产生一个目的而这个目的的力量又足以推动一个人去为实现它而奋斗的，都会变成兴趣。阐述中让人们很容易理解原始的冲动和习惯产生的目的如何变成兴趣。在教育教学中，如何激发学生的兴趣是获得良好的教育教学效果的一个重要条件。近代物理学家爱因斯坦说过："兴趣是最好的老师"。这种高度又简单的阐述无疑是对兴趣在教育教学中的重要地位最简单描述的强调。如何步步激发学生的兴趣，设计好教育教学活动以获得持续、高效的课堂效果，是每位教育者都应该重视的。

在中职计算机英语教学中，倍感步步激发学生的兴趣从而设计教育教学活动的重要性。中职生的英语底子本来就薄弱，26个字母认读不全的大有人在，不少学生对英语持有弱视及敬而远之的态度，而计算机技术中的菜单、命令、提示、简要说明，除了由中国本土开发的应用软件外，系统软件、大型影像处理、办公处理、数据库处理等优秀软件，无一例外是英文版软件，虽然有些也有相应的中文版，但很多的二级菜单、命令、提示、说明仍然没有汉化，这在很大程度上给英语基础薄弱的中职学生造成了很大学习及应用障碍。在教学过程中，如果

没有好好地利用好激发学生兴趣这一点来做文章的话，计算机英语教学就很难抓住激发学生的求知欲望的机会，学生的英语学习又在初中英语学习失败后再次失败。下面是利用兴趣导航设计中职计算机英语教学活动初探的几点要点：

1. 调研计算机专业学生的考证及就业方向，了解把握考证及就业最急需的计算机技术，以便更好地设计教学活动来激发学生学习的动力及兴趣。

2. 钻研所教教材，进行合理系统化整合及重新编排，循序渐进设计教学活动，持续激发学习的兴趣和向前学习的冲动。

3. 侧重于在教英语术语同时加入技术指导教学活动，引导学生掌握相关的技术应用以增强学生进一步学习的冲动及习惯。

4. 加强系统文件、常用菜单、常用命令、常用软件英语术语的教学活动设计及检测，满足学生日常应用兴趣，从而让学生产生满足感来激发学生持续的学习兴趣。

5. 设计利用所学的英语知识操作类似的应用软件或完成相似任务的教学活动来激发学生灵活应对难题的冲动。

通过这几点，利用兴趣导航设计中职计算机英语教学活动，本人所带的两届计算机专业的学生无论在英语方面还是计算机方面，均获得了很有效的学习成绩。特别是在课堂上，纪律保持良好，学习气氛活跃，学生主动积极参与课堂的任务活动，师生互动性得到增强，学习英语积极性增高，学习相关技术的兴趣也增强，课后学生大多表示希望进一步学习相关英语及相关技术，形成了良好的课堂学风及课后动手操作的习惯。学生进本专业时看到英语就怕就想回避的态度转变成了想学想研究，这也为学生将来进一步学习及工作打下良好的基础和培养了良好的习惯。这无疑是令人欣慰的。

# 如何提高语文课堂教学导入环节的有效性

张少虹

暑假里，利用闲暇时间，我阅读了《有效教学方法》一书，收获颇丰。我认为"有效教学"的最终目的是使我们的教学变得有效。有效教学的"有效"，主要是指教师在一种先进教学理念指导下经过一段时间的教学之后，使学生获得具体的进步或发展。有效教学的"教学"，是指教师引起、维持和促进学生学习的所有行为和策略，而上好每一堂课又是基础。在一堂课中，导入阶段往往是最重要的一部分。有效的导入是一个成功的课堂必不可少的前奏，是教师和学生充分互动的桥梁，正所谓良好的开端是成功的一半。有效的导入可以激发学生学习的积极性，为学生进一步学习创设良好的教学氛围。因此，提高导入环节的有效性是提高语文课堂教学有效性的一项重要教学策略。

语文课堂教学的有效导入手段多种多样，教师可结合学生的实际情况，使用不同的导入手段，根据课的不同类型、不同内容选择导入策略，激发学生学习的兴趣，提高语文课堂教学的有效性。现结合自己的教学实践，谈谈自己的有效导入方法：

## 一、开门见山法

有时候，直接导入课文的学习，更有利于学生对文章的理解。在上《石缝间的生命》这一课时，我便直接导入：中国人素有"借物抒怀"的传统，音乐、文学都是其中的表达方式。物象与意象之间有一一对应关系。当你看到生长在悬崖峭壁、怪石嶙峋的石缝间的生命时，你能感受到一些什么呢？获得一些什么启示呢？今天，我们一起学习《石缝间的生命》。

## 二、回顾复习导入法

在课堂教学中不管采用哪一种导语设计,都要为全课的教学目的和教学重点服务,与讲课的内容紧密相连,自然衔接。子曰:"温故而知新"。回顾旧知识是导入新课的常用方法。如在教授《长城》这篇文章之前,我便让学生复习《一段最古的长城》这篇文章,通过同题材不同内容的文章的比较,学生更能理解两篇课文的异同。

在教授《我的空中楼阁》这篇文章时:

师:同学们,学习了《陋室铭》这篇文章,大家还记得这篇托物言志的美文,借"陋室"表达了作者怎样的心态吗?

生:(讨论、发表意见)

师:我们今天要学习的《我的空中楼阁》也是一篇托物言志的佳作,它表达了作者怎样的心志呢?让我们一起来探究吧!

这样的导入不仅引起学生对旧知识的回忆并加以巩固,而且可以更好地投入到新课的学习中。

## 三、提问导入法(解题导入)

一个问题的提出,往往能让学生产生情绪波动,引起学生的注意力,并激发他们思考,然后带着疑问进入新课。这种方法一般是从文章的题目上做文章,题目是文章的眼睛,一个新颖别致的题目可以在最短的时间内吸引学生的注意力。教师如能抓住学生的兴趣所在,因势利导,便可收到事半功倍之效。可从分析标题入手,引导学生接触教材的中心内容。

例如教学《提醒幸福》一文时,设置了如下导入:

师:同学们,你们幸福吗?

生:……

师:那么,幸福也需要提醒吗?我们的幸福观应该是怎样的?今天就让我们共同探讨——提醒幸福!

解题导入法，可以迅速牵住文章的主线，对培养学生的阅读能力，激发学生学习的兴趣有十分重要的意义。

## 四、设置悬念导入法

导入时设置悬念，能吸引学生的注意力，这样学生的思维从一开始便处于一种跃跃欲试的理想状态。如在教学《祝福》时，用"祥林嫂是自杀还是他杀？"设置悬念导入。在教学《警察与赞美诗》时，导入语为"有这么一个人，为了进监狱而想尽办法，但是最终不能如愿；但当他决心改过时，却莫名其妙进了监狱。究竟是怎么一回事呢？"巧设问题，造成悬念，一下子就抓住了学生的注意力，往下讲述效果自然会好。

## 五、背景导入法

有时候，通过向学生介绍作者的身世背景或写作背景作为导入，这样不仅能帮助学生更深层次地理解文章的内容和主题，而且为学生提供一种解读文章的方式。

## 六、情境导入法

在教学过程中，教师如能创设一个与课文相符合的情境，便能激发、感染学生的情绪，增强讲课的感染力，提高听课效果，使学生快速地进入教学的氛围之中：

### 1. 情景导入

社会生活是丰富多彩的，学生们的生活也是丰富多彩的，每天都会有不同的事情发生，如果抓住这些事情，发掘出它们的深意，然后进入课堂的学习，就能激发学生的兴趣。例如，有关战争题材的文章，或许现在的中学生接触得并不多，但从历史课本上他们都了解到了古今中外的许多战争，从现在的新闻上也了解到了还在进行的战争，战争场面大多是刀光剑影，血流成河，是硝烟，是战火，是哀号，大部分学生都知道这样的战争场面。在教授《荷花淀》这篇文章时，我先让他们用自己的语言描述一下战争的场面和对战争的看法，让他们说说

战争的场面是不是总是那样：风烟滚滚、硝烟弥漫、枪炮轰鸣、枪声四起等。而后进入文章，让他们领略与他们的想象相距较远的另一种战争场面，这样就能启发他们的思考，进入新文章的学习。

又如在教授《画里阴晴》这篇文章时，正好那几天阴雨绵绵，我灵机一动，放弃了之前精心设计好的导入，便问：外面的天气如何？你能不能用自己的语言来描述一下？你喜不喜欢阴雨天？问题一提出，学生便热烈地讨论起来，接下来的这节课，学生的学习兴致都比较高。巧合不是偶然，但偶尔遇之，及时利用，也能丰富课堂。我们要学会随机应变，利用生活中的巧合，让巧合也成为课堂导入的一员，有时会收到意想不到的好效果。

**2. 诗文导入法**

诗词名句以其精练的语言、蕴涵的哲理、丰富的意境打动了一代又一代读者，课堂导语如能恰到好处地用一些诗词名句，不但能够很快地渲染一种诗情画意的典雅气氛，而且能创设"先声夺人"的审美情境，让课堂教学充满诗情画意，让学生接受美的熏陶。这种熏陶不仅有利于语文学习本身，而且还有利于学生心灵与人格的健康发育。如我在教授《浅说一首〈清明〉绝句》时，设计了如下的导入语："①大家可能在很早的时候就读过杜牧的《清明》，有谁能背诵一下？（请同学背诵此诗）②这首诗可谓家喻户晓、脍炙人口，那么有哪些同学能解释一下这首诗？（学生讲自己对此首诗的理解）③我们刚才谈了对这首诗的理解，好像这首诗已经没有什么疑难的问题了，因为这首诗本身就很通俗易懂，历来的解释也很多，而且基本都统一，那么，其中真的是把所有的问题都搞清楚了吗？其中有没有我们所忽略的东西呢？今天，我们来学习周汝昌的《浅说一首〈清明〉绝句》，看看对这首诗有什么新的理解？"随之转入课文的学习。这样的导入激发了学生的感情和兴趣，增强了学生学习的主动性。

**3. 图画导入法**

通过网络资料可查询到更多的与课文内容相关的图片，如果充分发挥其作用，以此导入创设情境，会收到良好的效果。在教授《窗》一文时，一开始，我便通过多媒体展示一张空白的幻灯片，然后出示问题：从这幅画中你看到了什么？在学生的谈论中引入新课的学习。又如在教授《一段最古的长城》一文时，我出示了一些长城的图片。在教授《画里阴晴》一文时，播放了一些名画，然后让学生谈观看后的感想。图画具有直观性、生动性，适当运用图画进行导入，有助于吸引学生的注意力。此外，每册语文课本前都有几页插图，这些插图也是语文教学的重要素材，活用这些素材可一举多得。

4. **影视导入法**

计算机的普及为现代化教学提供了便利。语文课本里有为数不少的文学作品被拍成了影视剧。课堂上播放几分钟的影片剪辑，可让学生产生高昂的学习情绪，有助于他们更深刻地领悟作品中塑造的人物形象。

在教授《林黛玉进贾府》一课时，我播放了林黛玉进贾府的视频剪辑。在教授《祝福》一文时，我就播放了电影片断。在教授《简·爱》一文时，就播放改编的电影。影视的播放有利于学生产生兴奋情绪，并把这种情绪转移到听说读写的语文活动中去。

5. **音乐导入法**

利用动听的音乐旋律也是引入新课的好办法。在教授《音乐就在你心中》一文时，一开始我就播放几首不同风格的音乐，让学生谈谈他们感受的音乐是什么，然后导入课文的学习："那么作者陈钢认为'音乐是什么？'"学生一听到音乐，兴趣就马上来了，甚至有些对音乐感兴趣的后进生也认真地听、积极地讨论。可见，巧用音乐可以营造良好的课堂气氛，让学生克服惰性，消除疲劳，并以饱满的热情投入到学习中去。

6. **故事导入法**

许多老师都有这样的感觉，课堂上提到课本外的内容时，学生的积极性很高，对这些内容特别感兴趣。教师课堂中如能根据学生的这一特点，以一些故事来导入课文，无疑会起到事半功倍的效果。

在教授《迢迢牵牛星》（旧教材）时，我设计了如下导入环节：

师："同学们，听过牛郎织女的故事吗？"

生："听过。"

师:"那谁能把这个故事讲述一下?"

生:"……"

师:"现在,我们学习一篇关于牛郎织女的诗歌——《迢迢牵牛星》!"

如教《拿来主义》(旧教材)时,设计这样的导语:"天津有位作家叫冯骥才,他访问法国时,在一次欢迎宴会上,外国记者接二连三地向他提问。其中一位记者问:'尊敬的冯先生,贵国改革开放,学习西方资产阶级的东西,你们就不担心变成资本主义吗?'冯先生回答:'不!人吃了猪肉不会变成猪,吃了牛肉不会变成牛'。他幽默机智的回答,博得满堂喝彩。是的,我们学习资本主义的东西,不会变成资本主义,同样,继承文化遗产时,只要我们坚持正确的原则,就一定能成功,这个原则就是'拿来主义'。"这时学生就想知道"什么是拿来主义","为什么要实行拿来主义",于是便乘机导入课文的学习。

**7. 猜谜语导入法**

好奇心是人的普遍心理,抓住学生的猎奇心理,以猜谜的形式导入课文,往往干净利落,简洁明快,趣味性强。在教授《长城》一文的时候,我便出示幻灯片:依据下面依次给出的四个词语猜一建筑:秦始皇、《世界遗产目录》、防御、好汉(长城)。在这个过程中,学生的兴致高了,课堂的进展就顺利多了。这种方法,三言两语就直切正题。

总之,作为课堂的第一环节,导入可以是多种多样的,但是无论如何设计,都要为全课的教学目的和教学重点服务,与讲课的内容紧密相连,自然衔接。而且导入必须切合学生实际,因为学生是教学的主体和对象,有效的导入是为了调动学生的积极性和主动性,加强师生间的双边活动,从而提高授课效果。

# 合作互动学习,实现有效教学

林文燕

在课余时间我认真地阅读了《有效教学方法》这本书,从这本书中我获益匪浅,不仅知道了有效教学的含义,同时也意识到有效教学对于教师来讲在新课程教学当中有着很大的实际意义。教学是否有效,并不是指教师有没有教完内容或教得认真不认真,而是指学生有没有学到什么或学生学得好不好。如果学生不想学或者学了没有收获,即使教师教得很辛苦也是无效教学。而我认为激发学生的学习兴趣,在课堂上采用小组合作学习方法,可以更好地促进英语有效教学。

常言道:"兴趣是学生最好的老师",在英语教学中,激发和调动学生的学习兴趣,是相当重要的一环。只有当求知欲望与热情出现了冲动,才能真正学好英语。而大多数职业学校的学生一般从初中开始,对英语学习就普遍存在着"怕"与"厌"的心理障碍,久而久之便形成讨厌学习的不良心态。而我觉得合作互动学习是激发学生的热情与潜能的一个好办法。

合作互动学习是一种教学形式,它是把几位有差异性的学生组合在一起,相互合作相互支持,共同进行学习活动,共同完成学习任务。通过合作互动学习,可以更好地激发学生的学习兴趣。

## 一、合作互动小组的划分

英语学习是一个合作互动学习的过程。合作互动小组划分应具有合理性、科学性,有利于课堂教学及激发学生英语学习兴趣。因此,合作互动小组的划分应遵循以下原则:小组成员不能过多或过少,最好是4~6名,每个小组都应包含学业成绩低、中、高的学生,各小组的总体成绩大致相同,同时,要注意小组成员的合理搭配,要让每个学生看到自己的进步和不足,并在新学期树立自己努力的

目标。

在分组时,可以根据班级人数,每组成员4~6名,其中成绩较好的学生1名,中等生1~2名,差生2~3名。每组设组长1名,负责做好合作学习的组织工作及全组同学尤其是差生的学习帮助工作。这样分组的优点是对各种类型的学生都顾及到,易于提高学生学习的积极性,激发学生的潜力,引发学生的学习动机。

## 二、合作互动学习的运用

### 1."一帮一"

在合作互动学习过程中,要充分利用多种形式面向全体学生,既要让尖子生更尖,也决不放弃任何一个后进生。每个班难免有个别学生因为智力、习惯、家庭等原因而成为后进生。在这种情况下,可以采用"一帮一"的活动形式,让一位尖子生带一位后进生。因此,我分组的形式是男生和女生搭配着坐,尖子生与后进生搭配着坐,这样,当我把任务布置下去的时候,尖子生就会提醒同桌注意,并积极主动地帮助他,这样就可以充分发挥尖子生的"尖",也促进了后进生的"进"。在英语教学中,把竞争学习渗透到合作互动学习中去,可以使学生的兴奋点、注意力得到极大的激发,可以获得学生的积极参与,实现兴趣高涨的良好效果。因此在课堂上我多采用分组竞赛、游戏等手段,让学生在游戏中学,在竞赛中提高。

### 2. 课堂教学的趣味性

英国语言学家认为,英语教学中"趣味性"是十分重要的问题,它是使英语学习变得容易的前提。"趣味性"互动活动能使英语课生动,在《英语基本版》第一册第四单元(Family — warm up)这一部分中,它主要要求学生掌握家庭成员中的称谓及介绍,讨论家庭表达的主要句式。在这一部分的教学中,我让学生分组表演,每个小组为一个家庭,让他们介绍或谈论自己的家庭。同时,我采用竞赛的方式,看哪一组在介绍的过程中所使用的单词、句式最多,哪一组就是"Winner"。这些单词和句式也是本单元的重点。这样可以大大地激发学生的兴趣,使他们乐于参加到课堂活动中来。

同时，我把情景教学法运用到教学当中，为学生营造良好的语言环境，充分调动学生的非智力因素。如在教"Asking for directions"这一部分时，我先让学生掌握了问路及指路的基本句式，然后再设置"从明珠广场到万绿园""从新华书店到创新书店""从海瑞墓到五公祠"等情景。我把这些情景设置成小卡片，每一组抽一张，小组讨论之后派代表到讲台上进行对话表演，这样可以使学生锻炼英语表达能力、胆量，无形中也发展了学生运用英语交际能力，培养他们创新灵活运用英语的能力。

总之，在课堂上采用合作互动学习，可以使课堂气氛活跃，既提高学生学习的积极主动性，又增强学生的合作意识和交际能力，可以更好地促进英语课堂的有效教学。

# 《有效教学方法》读后感

林绍飞

根据学校的工作安排，我利用寒假阅读了《有效教学方法》一书，受到了很大启发，结合我最近几年的实际教学工作，深有感触，有种豁然开朗的感觉。

《有效教学方法》通过展示一些生动有效的课堂实例，告诉我们如何运用各种教学方法，成为一名有效教师。在将书中的理论和实践指导与日常教学对照后，自己有以下的几点体会：

## 一、课堂的有效管理

开学的第一堂课，做完简单的自我介绍后，我会对学生提出一些要求，比如：用老师的姓氏来称呼老师、作业要认真、注意讲台的卫生、科代表要提前检查各同学带课本的情况及同学的到位情况并及时汇报；实操课要提前三分钟到实操间，并列好队等待老师的到来等。同时告诉学生老师这些要求的由来，比如：在酒店工作中，常住客到店后，酒店会要求员工尽量用客人的姓氏称呼客人，以视对客人的尊重；学生在工作中可能会碰到给客人留言、点菜等情况，因此学生写字要注意；讲台是老师进入教室后第一个接触也是接触最多的地方，同时，一个班的形象也是从讲台开始，因此，学生要注意保证讲台的卫生；在工作中，学生要养成主动向领导汇报、反馈的习惯等。这样做，一下子就和学生拉近了距离，学生也马上接受了我，并且在以后的课堂上自觉地严格要求自己。

## 二、明确目标、清晰授课

对于教师，要做到清晰授课，课前就要深入研究教材、大纲、课程标准，明确课程设置方针、目的，分析单元主题目标和重点、难点及本专业学生必须掌握的知识点，合理设计课时计划。在课前还要设计好教案，对授课知识点在时间上做出合理安排，对教师的活动和学生的课堂活动进行专门的设计，这样才能够充分有效地传授教学内容，使学生能够在有限的时间内获得较多的有价值、有意义的知识。通过教师清晰的讲授引导，形成学生较清晰的科学的知识脉络。有了对教材的深刻理解，经过语言的清晰表达，要达到清晰授课的教学效果，还要利用举例、观看视频和动作示范等方法，来解释和澄清。

## 三、多样化教学

结合本专业的教学任务，本人认为可以用以下几种方式进行教学：

### 1. 课堂教学中结合案例

由于学生第一次接触专业课，加上客房本身的特点，学校没有完善的实操设备，上实操课时学生觉得很新鲜，但一上理论课总让学生觉得枯燥乏味，而且不太明白老师讲授的专业知识；因此，如何能生动、形象地传授知识并让学生尽快接受知识也是我必须面对的问题。为此，在课堂上我尽可能举一些身边的学生感兴趣的实例来说明问题，并且穿插一些行业的要求、标准来激发他们的学习积极性，同时提高学生的理解。

### 2. "情景模拟"教学法的应用

客房服务与管理是一门实践性、操作性特别强的课程，我们的学生往往到工作岗位后在实际操作中特别是对客服务方面，困难重重，不能随机应变，难以解决实际工作中出现的种种问题。通过几年的工作经验和近一年来的教学实践，我个人认为"情景模拟"教学法是一种比较有效的教学方法，在教学工作中收到良好效果，使用情景模拟教学的方法能提高学生分析问题、处理问题的能力。

### 3. 以流程形式指导学生

我校学生的综合素质相对而言较差，理解能力低，因此，结合学生的实际情况，宜尽量将所教的知识形成流程并简化，例如：在实操方面，《中式铺床——包角》归纳为：塞边—找边线—折直角—再塞边—包角；在理论方面，《进房程序》归纳为：①站（1米）；②敲或按；③报（客房服务员或Housekeeping）；

④等，（5秒）；⑤再敲；⑥开（轻）。在讲解时可通过演示，引导学生归纳总结，将所学知识形成流程、步骤、口诀，简单易懂；也可以提升学生的观察能力、总结能力、语言表达能力和自信心。

### 4. 行为导向教学法

"行为导向"模式的主要教学目标是：在教师正确理论指导下，通过教师示范、学生模仿的基本教学方式，提高学生身体各组织器官协调配合能力，使其领会动作要领，逐渐形成动作技能，完成学习任务。

学生通过观看教师的示范后，以小组为单位，依照操作要领及要求开始轮流模仿操作，感悟动作要领，小组之间的同学互相点评，并结合实际情况分组讨论，比如套被套的难点。学生通过自己的观察模仿、小组的相互点评来培养自学能力、相互合作能力和总结归纳能力。同时老师要定时集合，要求学生提出学习难点归纳总结，并讲解难点；在巡视观察学生练习的过程中，宜随时纠正学生的不足，重点指导接受能力较弱学生，发现学生出现的共性问题，并进行集中点评指导，教师再次示范讲解，加深学生印象，之后学生再次分组巩固练习，教师巡视检查指导。学生只有在掌握基本的操作方法后，才能创新出更高效率的操作方法。

在考核学生是否达到教师设定的教学目标时，应采取多种检测方式，比如教师点名、小组自选、各小组互选等，以激发学生的学习积极性。

## 四、巩固学习兴趣，体验成功愉悦

要使学生成为积极的学习者，教师应该营造一种开放的、和谐的课堂氛围，使学生体验到相互信任和信心，计划和组织教学要关注学生的兴趣和需要。课堂上学生的积极性是否得到发挥取决于教师的启发和引导，在课上我会尽量通过幽默、简单的语言来讲授知识，同时边教边观察学生的反应，根据学生的反应调节自己的教学。如果内容太深了，就该尽量以浅显的方式来揭示本质；如果学生太疲劳了，就该改个方法，如改讲授为议论或谈话，甚至讲个与该课题有关的故事。在课堂上不要主动走近学生，因为当教师向学生靠得越近，沟通就变得越为互动，也就有越多学生跟着教师转，教师可以充分利用目光交流、声音的变化、身体的移动等。在对客服务使用情景模拟教学时，我把要求安排好后，会坐到演示的学生位置，和其他学生一起去感受演示学生的进步。

要使学生成为积极的学习者，教师还应该注重鼓励和评价。例如对学生在情景模拟过程中、在实操课中的操作进行点评、讲解和评价；对于学生回答进行鼓励和表扬，对作业进行讲解评价等。同时，测试的形式也可以多种多样。

教学是一门艺术，是无止境的。教师要把课上得如同艺术创造的精品，实非一朝一夕之功，必须长期追求和探索。作为一名青年教师，在今后的学习、工作中，我会专心研究课堂行为和方法，重视课堂中的师生互动，努力让自己成为一名有效教师。

# 浅谈中职日语选修课堂教学的有效性

## ——《有效教学方法》读后感

吴海娜

假期阅读《有效教学方法》，回顾自己短短两年的教学经历，感触良多。如何在课堂中引导学生进行正确的有效学习？如何理解学生的个体差异？如何制定有效的教学策略？如何指导学生进行有效的自主学习？……这些都是值得我们（尤其是像我一样经验尚浅的年轻教师）深思、探寻与努力找寻答案的问题。

随着中职学校课程改革的不断深入，目标教学法的普及与实践让中职学校的课堂成效不断提高。在课程改革中对学生影响最深远的便是课堂教学。学生在课堂教学中提高不同的能力与素质，培养各种不同的思维方式。作为一名中职学校日语选修课教师，在任教的过程中，发现目前的课堂教学效果不是十分理想，学生的学习兴趣没有得到最大限度地调动，学习能力也没能得到足够的锻炼。受教学研讨会的启发，开始思考解决的方法，即如何提高中职学校日语选修课堂的教学有效性。

## 一、课堂教学有效性的内涵

课堂教学是一种目的性很强的活动，通过教学要使学生掌握知识，习得技能，得到发展，形成情感态度价值观等相应的品质。可以说，有效性是教学的生命，是判断我们的教学成功与否的最重要依据。通过查找资料，本着力求高效的原则，我将有效课堂教学的内涵定位为最短的时间、最大的发展、最快乐的体验这三点。

（1）最短的时间：课堂45分钟是教学的主战场，如何在有限的时间内达成教学目标，这是有效教学的最基本要求，也是高效教学的立足点。

（2）最大的发展："发展"指的是课程目标的三个维度（知识目标、能力目标、德育目标）的整合。对于每个个体而言，发展的高度允许有差异，但师生是否都得到了最大的发展，这是有效教学的重要指标，也是高效教学的着力点。

（3）最快乐的体验：让学生在课堂上有效地学习，离不开学生积极参与课堂活动。应尽量满足学生的心理需求，提供理想的学习状态，让学生快乐地体验发展。这是有效教学的根本保证，也是高效教学的支撑点。

综上所述，日语选修课堂的教学有效性就是要在有限的课堂时间内，在教师的精心组织与指导下，学生能心情愉悦地展开学习活动，并在日语口语表达等基本能力与知识结构方面取得最大的进步与发展。

## 二、日语选修课的课堂现状

结合我校日语选修课教学实际，将课堂现状总结如下：

（1）学生文化基础薄弱，学习能力较差，学习效率低下。日语选修课上，许多学生存在被动学习的问题，课堂练习不够积极主动，被动听讲记录，缺少自主探究和思考能力。课后只是机械地完成抄写作业，没有用心识记所学基础知识。因此，学生的不愿学是课堂有效性不高的主要原因。

（2）教师不够了解学生现状。日语选修课堂教学方法比较单一，主要还是采用讲授法，不能最大限度地提高学生的学习兴趣。中职学校日语选修课教学的主要目的是锻炼学生的基本听说能力，培养学生的日语表达能力。但教师一味地围绕日语专业课程体系展开教学，导致学生学习兴趣不高，学习氛围不够活跃，学习效果不佳。这是课堂有效性不高的重要原因。

（3）缺少日语语言氛围与环境。语言的入门学习主要靠良好的语言氛围与环境的营造，缺少练习的日语学习，导致学生学到的都是"哑巴日语"，既浪费时间又达不到预期效果。因此营造良好的日语学习课堂氛围是提高课堂有效性的关键。

由此可见，想要提高课堂有效性，首先就要从学生的兴趣点入手，丰富课堂教学方法与手段，营造良好的日语学习氛围，方可从根本上解决教学上的棘手问题。

## 三、提高日语选修课课堂有效性的方法

（1）跳出日语专业学习体系的束缚，投学生所好，提高课堂有效性。日语专业学习体系指的是"语音—单词—句子"的学习顺序与方法，要求学生听说读写四个方面面面俱到，以识记为主，循序渐进，以达到一定的日语学习水平与能力。但对于学习方法欠缺、学习能力不足的中职生来说，这样严谨枯燥又单一的学习模式不能赢得他们的好感，反而会降低日语学习的兴趣。因此，教师在教学时应跳出专业学习体系的定向思维，结合学生的实际情况，以听力与口语练习为主，鼓励学生多开口感受日语语言魅力，编排学生能用得上的句子会话，让学生在练习中识记，在识记中收获进步与发展。

（2）充分利用多媒体教具，多感观营造日语学习氛围，提高课堂有效性。随着科学技术的进步和网络技术的发展，多媒体辅助教学为提高课堂有效性做出了巨大贡献。针对中职学生好奇心强，对未知事物有极大兴趣的特殊心理，教师应该利用多媒体教学，充分运用图片、音频、视频等不同形式的材料丰富教学内容，提高学生的学习兴趣，活跃课堂气氛，使学生更直观更有效地进行语言学习。

（3）多进行鼓励与赞美，培养学生的主观能动性，提高课堂有效性。中职生普遍学习目标不明确，学习方法不恰当，从而导致学习效果不佳，甚至会产生自卑心理。因此教师在教学过程中应多采用鼓励与赞美的提示，多肯定学生的付出与进步，增强学生的自信心，使其积极主动地投入到语言练习中去，在反复练习中培养语感，提高学习效率，从而达到学习目标。

综上所述，不拘泥于日语专业教学体系，运用多种教学模式与教学方法，多用肯定的态度对待和引导学生，对于提高学生的学习兴趣，培养自主探究与思考能力，提高课堂有效性都有极大的作用。

以上就是我关于《有效教学方法》一书的阅读感想。由于才疏学浅，经验不足，尚有许多需要改进之处，日后将再接再厉，争取成为一名有效教师，为学生献上更加生动有趣的有效课堂。

# 读《课堂管理》有感

黄小莉

课堂管理是备受学校和教师关注的话题。课堂管理的成功与否直接影响到课堂教学的效率。45分钟的课堂，老师和学生如何能够得到一个"有效"的教和学，是我一直在思考的。

近期拜读了《有效教学方法》中的《课堂管理》一章，颇有感触。现代教学主张学生的自主性、教师的引导性，把主动权和时间留给学生。但是，学生"活"了、"动"了，课堂管理的秩序就出现了乱象：多了热闹，少了安静；多了自主，少了秩序；多了涣散，少了专心。我们所讲授的知识学生能听进去的就大打折扣，课堂教学效果在很大程度上就得不到保障。

书中提到，要做课堂管理的掌控者，就要用传统方式赢得学生的信任和尊敬。和学生发展信任关系，是作为管理课堂的起点，对教师是十分重要的，没有相互的情感上的信任和尊敬，你将难以履行课堂教学的领袖职能。

在课堂上赢得学生的信任，首先要有"专家权威"。每一位教师都是术业有专攻，在各自的学科上有所建树，而学生会把教师当作有能力去解释或者从事一定业务的专家，并且应该对有关课题无所不知。我对此颇有体会。记得在教授《长城》一课时，涉及历史知识，学生对此也很感兴趣，提问了很多。所幸自己对历史学科有所了解，对于学生的问题皆能一一回答，而且能有所扩展延伸。也因此，在这一堂课上，教学秩序良好，学生的关注力都围绕着课文，很好地完成了既定的"教学目标"。此后的课堂上，学生似乎把我当成了一个历史地理学科的老师，常从课文本身延伸出问题进行提问，虽然一再强调我们是语文课，可学生说：我们就是喜欢听你说。虽说文史不分家，但也颇为尴尬，不知该对学生的"积极性"感到欣慰呢，还是无奈！？

## 悦读旨趣

教师除了应具有"专家权威",书中还提到了教师还得具有"参照物权威",我把它理解为教师自身的人格魅力。流水的学生,铁打的老师。我们老师中常会提到,现在的学生如何如何,90后、00后的学生又是怎样怎样,然后就感慨在教学中的不容易。因为与学生存在年代上的代沟,常会在课堂上与学生存有分歧。学生会觉得老师说的不是我们这一代的事,我们不知道,我们还没出生呢,没有共鸣感,没法达到"有效"的"教"。老师会觉得现在的学生浮躁,不懂得去理解、体会文化的魅力。分歧也就由此产生,要求学生去迎合老师的水平这是失败的老师,这就得要求我们老师要去了解学生的背景、学生的知识水平,老师要赶上时代,主动去了解学生的语言、学生的文化圈,把这些转化为学科中的内容,采用他们的文化语言与之沟通,这会获得较好的"有效"的"教"和"学"。在《林黛玉进贾府》一课中,教学重难点就是分析人物性格。在分析王熙凤一角时,我列举了时下在学生群中较为火热的韩剧中角色千颂伊,这一人物形象在剧中较为多变,在不同的场所演绎出不同的风情,观众较为认可。也因此,学生立马有了"话"说,在分析王熙凤机变逢迎这一性格特征上,学生能够抓到"点",课堂讨论得很热络。我觉得这就是"有效"的"学"。

作为一个教学经验不算丰富的年轻教师,只有不断地充实自己的教育教学理念,提升自己的教学水平,面对日渐变化的学生群我们才能赢得先机,做到真正的"有效教学"。

# 行为有效,教学有效

## ——《有效教学方法》读后感

廖湖贤

一直以来,我认为能"有效教学"的教师才是一位合格的教师,传道授业解惑的结果依托的是"有效教学"的基石,而在我从事职业教育的15年来,也在苦苦探索"有效"的神奇秘诀。如今,看完了美国著名教育学家、儿童研究评价家加里·D.鲍里奇基于25年的课堂教学研究而总结成书的作品《有效教学方法》,这才真正开阔了我的眼界,为我打开了一扇通往优化教学的门,为我的教学工作注入了新的理论能量。我的切身感悟是"行为有效,教学有效"。

鲍里奇书中提到:"有效教学的关键行为就是,组织和安排能产生中高水平成功率的教学,并向学生提出超越给定信息的挑战。"而要达到这样的效果,教师首先应是一位"有效的教师",方能促成有效教学的五种关键行为。书中认为有效教学至关重要的五种行为是:

(1)清晰授课。它是指教师向全班呈现内容时清晰程度如何。

(2)多样化教学。它是指多样地或灵活地呈现课时内容。丰富教学的最有效的方法之一是提问题,可以问许多不同的问题,把它们与课时节奏与序列结合起来,就可以产生出富有意义的多样化教学。另外,教室里物质的质地、多样的视觉效果都能增加教学的多样性。

(3)任务导向。它是指把多少课堂时间用于教授教学任务规定的学术性学科。教师用于教授特定课题的时间越多,学生的学习机会就越多。绝大多数的研究者都认为,如果教师把大多数的时间用于教授切题的内容,那么在他的课堂上,学生就能取得更大的成就。

(4)引导学生投入学习过程。这一行为致力于增加学生学习学术性科目的时间。教师应该为学生提供最多的机会，去学习那些将要评估的材料（我们可以理解为要求学生掌握并要考查的内容）。学生实际投入学习材料的时间，称为投入率。

（5）确保学生成功率。它是指学生理解和准确完成练习的比率。呈现材料的难度水平由学生的成功率来衡量。

以上就是本书的精华核心所在，因此我认为，简言之，即"教与学的行为有效，导致教学的效果有效。"我个人以为，有效教学是指师生在互动教学过程中，遵循一定教学活动规律，以尽可能少的时间、精力或物力投入，实现了尽可能多的预期教学目标，从而促进教学主体的主动发展。我的想法是：

## 一、优化目标，结合职业，创设情境

教学目标向学习目标的转化，应体现职业教育的特色，将学生知识的感性与理性统一，这就须创设最优的情境。比如，我在营销课上，在学习"定价策略"之前，让学生先进各大超市、百货商场，并提醒他们注意一下特价款上的价格，思考其引起的心理感受。还有，在学习《推销实务》的商品造型课题前，发动学生拿来家中各具特色的日常用品，例如香水瓶、酒瓶、儿童玩具等进行展览会陈列，并猜想一下造型代表的含义。职业情境的创设之中，学生急于了解个中奥妙，此时学习目标的呈现就是最佳的时段了。

## 二、优化新知学习，紧贴行业信息，互动交流

新知的学习过程，我认为应培养学生的学习能力，学法的指导较为重要。作为实践性较强的营销系列课程，学习的最好场所应在社会市场中，所以，教师应指导学生模拟市场调查，后再到课堂上互动探讨，交流行业信息，再理解教材上的新知内容，才能真正地掌握新知、运用新知。我的学生做手机市场调查时，知道了"索爱手机"，知道了"品牌组合"的知识，知道了顾客的评议。同时，也学会了如何与顾客沟通交流，也感受了获取知识的快乐和信心。回到课堂上的讨论，更具备了实践精神的支持。能力本位的观念，就是在一次次的市场调查实践中养成，我认为这就是一种终身学习的技能。"在做中学"的教育理念又一次得

以验证。

## 三、优化人格力，渗透职业道德

教师的人格力，在课堂中得以体现。有人说过，学生在课堂上不仅通过教师语言的讲解而"察其容"，而且还会通过教师的行为而"观其色"。学生从教师的职业中领悟应具备的职业道德。特别是服务行业，学生感受会更深。学校的育人口号"上课如上班，上课如上岗"不仅是对学生而言，更是要做出教师表率。上课前教师首先应对学生微笑，带着微笑走进教室，给学生一种良好的心态去上班、上岗；其次，仪表服饰应大方得体，化淡妆，给学生重视学习的感觉；再次，眼神热情、亲切，鼓励学生继续发表见解及表达的勇气；最后，教学姿态应适可而止，恰如其分，比如尽量在讲台上讲解，不需过多的手势、走动，给学生一个安全回答的距离空间。赞美之词不可高尚，声音让每一个学生听到，感受赞美的感染力，鼓励更多的学生发言，获取赞美。优化的课堂效果，就是从融洽的师生沟通关系开始的。

## 四、优化课后反思，提升教学理念

课后反思是最近教育改革提出的新课题。叶润教授曾指出："一个教师学一辈子也不一定成为名师，如果一个教师三年反思有可能成为名师。"关注学生的成长，同时也是教师的自我成长。反思教学过程的成败，反思学生的独立与见解，反思同行的教法异同等都是一种提升。所以，当学生在课中提到"我每天都学到一点"时，我开始反思可取之处，当学生说"我不太明白，老师再讲一遍"时，我开始反思未透彻之处，做好标注，重新整理，再次实践，我把学生当成顾客在服务，满意度才是让学生真正成长的源泉。

"知识来自于学习。"这句话从来都不会过时。作为一名职业教育工作者，我阅读这本书是在我的寒假里，因为我需要静下心来用心品读才能读懂一二，今后在实践的过程中还要不断思考，这更需要我放弃浮躁的情绪，以有效的行为、有效的学习，去进行有效的教育，才能收获更多的知识真谛。

# 《有效教学方法》读后感

黄晓虹

教师的价值很大程度体现在课堂教学上。课堂是教师神圣的战场，教学是教师的有力武器。知识传播、心智启迪要通过教学实现。教学的有效性能凸显教师的水平，更关系到教育的质量。每个教师都希望自己的教学是有效的，每个学生也都希望在教师的每一堂课中有所启发，有所增益。教学相长，教育才能闪射出美丽的光辉。

但在实际教学中，我们常常会留下许多遗憾，做到每节课都顺利地实现目标并不是一件容易的事。很多时候，我们不得不反思自己的教学，在一次次的反思中，我们发现了自己的问题所在，领悟到了教学的许多玄机，教学真是一种博大精深的艺术，是一种需要教师时时用心雕琢的艺术，容不得疏忽。教学不是每一年的简单重复，每一年，面对的是不断变化的学生，每一年，教师都会有不一样的知识积累和感悟，教学也是在不断地变化，不断地完善。有效教学，一直是教师的追求。他山之石，可以攻玉，读了《有效教学方法》这本书，我对如何有效教学有了更进一步的感悟。

**1. 对症下药，因材施教方能有效**

有效教学要有针对性，几千年前，孔圣人就告诉我们，对弟子要因材施教。"求也退，故进之，由也兼人，故退之"。对莽撞自信的子路，他经常施以打击，而对犹豫不决的冉求，却热情地鼓励，收到了很好的教育效果。我们在面对教育对象时，不能以自己的教育理想为最高标准，而要以学生为主。普通高中的学生需要的是更多的知识、更高的难度，而我们职业学校的学生的特点是学习基础差，学习没有主动性，对学习的兴趣不高，对知识的接受能力不强，我们就不能用教普通高中学生的方法来教他们。有些老师一来上课就让学生自己看书，整堂课都围绕知识点来分析讲解，却发现有一部分学生坐着发呆，一部分学生趴桌睡觉，一部分学生干脆聊起天来，老师讲得辛苦，学生却置若罔闻。出现这种情况是因为我们没有结合学生的现状去采取适当的教学手段，对他们来说看书是一件无聊的事情，而我们要做的不是骂他们笨，逼着他们照我们的要求去做，而是找对方法，引导他们去慢慢地看书。

**2. 好的导入是有效教学的第一步，能迅速地吸引学生的兴趣**

有些老师导入开门见山、干脆利落，学生能迅速地进入学习状态。有些老师先从学生感兴趣的话题聊起，活跃课堂气氛。有些老师会先设置问题让学生思考，调动学生思维。有些老师会用音乐、视频、游戏等生动的方式导入。这些导入只要符合学生的兴趣点，并能和上课内容有机结合，我认为都是十分可行的，都能提高一堂课的有效性。

**3. 化繁为简，化难为易，突出重点**

教学不能面面俱到，胡子眉毛一把抓。有效教学就是要在有限的时间里让学生学到有效的知识。有些老师上课照本宣科，没有层次，没有重点，学生听得稀里糊涂，不知道自己应该记住什么，吸收什么，这样的课堂就不能称为有效。教学要有所取舍，有重点，有难点，学生才能印象深刻。而基于职业学校学生学习基础的考虑，我们在一节课里设置的目标不能太多，知识点也不能太多，问题不能太深，好比摘苹果，如果跳起来能摘到苹果，学生会有喜悦，如果苹果太高，无论用什么方法都够不着，他们可能会放弃。有效教学要引导学生在他们的能力范围内得到成就感，而不是把学生难倒、吓倒。

**4. 有效教学要适当地给学生设置障碍，让学生在挑战中得到提高**

教学的过程不仅是知识的灌输和吸收的过程，也是促进学生能力发展的过程。教给学生学习态度、学习方法比教授知识更重要。教学如果没有一定的难度，学生的思维就不会被激发，能力不会被发掘，也就不能实现教学的最终目标。教学需要一个循序渐进的过程，在学生还没有能力的时候，教师要耐心地

## 悦读旨趣

帮扶，设置较低的学生能达到的目标。当学生达到目标之后要继续设置更高的目标，让学生在不断的挑战中提高学习能力。

学无止境，作为教师对有效教学的追求和探索也是无止境的。《有效教学方法》给了我们很好的方法指导和启发，值得一读。

# 教师阅读随笔

王望新

近几年来，国家出台了许多优惠政策鼓励职业教育的发展，中职教育可谓面临新的发展机遇。但中职教育仍然存在着社会的认可程度不高、经费短缺、生源萎缩等问题。中职教育的发展可谓喜忧参半。最近有幸阅读了北京昌平职业学校校长段福生的《以经营促发展》一书，颇有感悟，书中的一些观点值得我校当前阶段进行思考及借鉴。

首先，书中提到：职业教育是一种"跨界教育"。要跨越企业和学校的"界"，跨越和普通教育之间的"界"，跨越工作和学习的"界"。跨越企业和学校的"界"，要把行业企业的要求和标准作为教育学校的目标和行为，要坚持市场调研，下企业实践、调研，邀请企业行业专家参与学校人才培养，掌握岗位标准，这样我们在教育教学上的一切行为都是真刀实枪，培养出来的学生才是工作最需要的人。跨越和普通教育之间的"界"就是要跨入企业、跨入工厂、跨入产业，不能局限在书本上、课堂里、校园中学习。跨越工作和学习的"界"就是在育人途径上要把握"做中学"与"学中做"的融合。这几个跨"界"我认为学校已有明显的意识，正处于逐步涉及的阶段，但我们的涉及面不大，我们涉及的力度不强，需要完善的环节很多。比如我们的调研涉及面只在酒店和高尔夫极个别专业上，我们跨入实践、跨入产业的专业也很局限，为学生提供"做中学"与"学中做"的硬件条件也不够，满足学生实践的课时，学生数量上及考核评价体系上都有明显的匮乏。

其次，书中还提到：学校以"双师型"教师队伍建设为重点，通过在国内外职业学校考察学习和在企业中实习锻炼，开阔教师的国际视野，锻炼教师的实践能力，激发工作热情和教学创新。通过行业企业专家、能工巧匠进校园，学校进一步完善了"双师型"教师队伍结构。教学专家的引导和指导，推动了学校教师在专业技术和教学技能上的发展，特级教师带徒很好地促进了公共基础课教师的专业化发展。从我校教师的构成上看，一是学校第一拨毕业生留校的专业教师，这些教师具备一定的专业技能，但文化基础与大学毕业生有差距。二是从普通中学转入的部分教师。这部分教师从事职业教育是新手，缺乏相应的职业教学经验，对于培养学生的操作技能显得力不从心。三是从普通高校分来的年轻教师。这部分教师虽然学历高，但教学经验尤其是实验或实训经验明显不足，且有相当数量的人思想不够稳定，随时有跳槽可能性。四是外聘教师。部分学校虽然外聘了一些行业企业的能工巧匠，但他们缺乏教学工作的连续性和稳定性，不利于形成结构合理的教师队伍。从专业课和文化课教师的结构上看，文化课教师比重偏大，专业课教师的比重偏小，专业课教师中的"双师型"教师数量更少，这是一个比较突出的问题。同时，教师年龄结构也不尽合理，年轻教师的知识结构与职业教育与所要求的知识结构不相适应，缺乏必要的动手能力和操作技能。如何加速培养"双师型"教师、骨干教师、专业带头人并留住其人其心是我校必须认真思考和迫切需要解决的问题。

# 关于中职英语有效教学的几点思考

## ——读《有效教学方法》有感

马小丹

读罢《有效教学方法》一书，我受到了很大启发，有种豁然开朗的感觉。这本书融教育学、心理学、社会学等理论于教学实践中，采用了大量生动鲜活的课堂教学案例，告诉我们只有实施有效的教学行为，才能使自己成为有效教师。在将书中的理论和实践指导于本人的日常教学工作进行对比与反思后，激发了我对中职学校英语有效教学的思考。

我个人认为，中职英语的有效教学是指：不同层次的学生，积极参与教学活动，吸收有用的知识和信息，克服自身的困难，改掉已经形成的错误习惯，有效促进自身发展，形成有用的技能和正确的价值观、人生观。

而中职学生的现状是：英语基础差，参差不齐；讨厌学习英语，缺乏学习兴趣；学的哑巴英语，发音不准确；不动手写英语，不参加教学活动；学习习惯不好，没有自主学习的能力；缺乏学习的积极性，没有自己的学习方法；没有自信心等。

因此，在职高英语教学中，要得到有效率有效果的课堂教学，是一件很奢侈的事情。但是，大量的高星级酒店等企事业单位对学生的外语能力要求也越来越高，不仅要掌握一些常用的英语词汇，还要具有一定的外语交流能力。在这种形势下，有效的教学理念和实践就显得非常重要。有效教学是教学的根本出发点和归宿，是多少年来千百万教育者孜孜追求的东西。有效教学有其规律性、发展性，有其自身的特征。这里笔者就有效教学的三个基本特征加以阐述，以期对中职英语教学有所启迪。

悦读旨趣

## 一、中职学生英语水平参差不齐，这就要求教师设立分层目标，使每个个体都有所发展

教学目标是课堂教学的核心和灵魂，在教学活动中具有导向的作用。它规定了课堂教学的运作，对保证课堂教学有效开展至关重要。我们可以从下面几个方面考虑如何设立中职英语教学目标：首先，分层设标，这是效率观、效果观的体现。中职学生知识水平、学习习惯、情感个性各异，分层设标是必要的、可行的、现实的。按惯例，教师通常以学生的平均发展水平来确定目标，似乎唯此，才最公平、最合理，殊不知，这样的目标对中职生恰恰是不公平不合理的。它只是顾及中间层次的学生而忽视了优等生与潜力生的需要。长此以往，整体教学质量势必大打折扣。因此，有效的职高英语教学，决不搞"一刀切"，让全体学生接受同一水平的教育，而是应该实事求是认识学生之间的差异，并将其视为一种资源，一种使所有学生在原有基础上都真正有所发展的基本依据。其次，分科侧重，这是效益观的具体体现。我们认为，针对不同专业的学生应有所侧重。我们要求不同专业的学生不但要学习一些共性的英语知识，还要了解甚至精通本专业的一些单词和用语，因为他们比较感兴趣，这种学习对他们有用。然后，把能力拓展题目布置给学生自己做，老师给予不同的要求和指导，培养学生的自学能力，使不同层次的每一个学生都有所发展。

## 二、实施教学民主，共同创建和谐环境，让学生和谐发展

中职学生讨厌读书，往往是老师讲解得多，而学生参与教学活动的比较少。心理学研究表明，一个人的创造力只有在他感觉到"心理安全"和"心理自由"的条件下才能获得最大限度的表现和发展。教育学研究也表明，人在轻松、自由的心理状态下才可能有丰富的想象，才会迸发出创造性思维的火花。由此看来，英语教学要想真正实施有效性教学，营造一个民主宽松的教学环境是必不可少的。遗憾的是，我们的许多教师尚未意识到它的重要性。他们的课堂

教学有太多的条条框框,"专制严肃"有余,"民主开放"不足,甚至流露出鄙视学生的言行。在这样的教学气氛中,学生不会也不可能积极主动地动脑、动口、动手,只会消极被动地听讲、记录、背诵,甚至与教师愿望背道而驰。由此导致的教学效果会怎样,自然不难预料。我通过观察以及与一些学生谈心发现,有许多中职学生是在教师的个人魅力影响之下开始喜欢英语的,而不是在知识本身的召唤之下进行主动学习的。所以教师除了要有良好的愿望、充满乐观和具备耐心之外,还要采取一些有助于营造宽松氛围的措施,如:态度和蔼亲切,平易近人,不要让学生产生畏惧感或敬而远之;要尊重学生的自尊心和个性特点,不随意否定学生的言行,不强求学生的思维与自己保持一致;有时要通过"互换角色"来缩短师生间的心理距离。这种民主作风,将教师的意愿不知不觉化作学生自己的意愿,给课堂带来活力与生机,提高了教学的有效性。

## 三、中职学生学习兴趣欠缺,没有主见,自主学习能力不够,所以老师要培养学生自主学习,积极张扬学生的个性

当代教学理论认为:尽管教学是教与学统一的过程,但是真正的有效教学不是简单地让学习者占有别人的知识,而是在自己已有的知识结构上吸收有用的东西,自主建构知识经验,形成自己的知识体系和见解与能力。应使教育过程成为真正的师生共同参与的过程,成为真正合作的相互作用的过程,变"灌送真理"为"发现真理"。为了让学生主动参与课堂的教学活动,首先,教师要考虑学生的实际情况,制定教学目标,确定这些学习任务和要求是有效的可行的。其次,让学生参与选择教学方法,自主选定对自己有效的学习方式,来完成学习任务。然后,让学生参与同他人的合作,沟通互动,学会厘清、表达自己,并学会聆听他人见解,学会相互接纳和欣赏。如学习了对话之后,我们常常布置小组编类似的对话,第二节课上表演。这种活动过程是自主复习、参阅资料、集体表演的合作过程。最后,可让学生参与教学评价。有效教学应确立学生作为评价主体之一的地位,可以自评、互评,结合师评,借此让学生学会分析、判断、鉴别。这是

学生素质全面发展的本质要求。

  我认为每个孩子都有闪光点,作为一名教育工作者需要具有伯乐的眼光,赏识每一个孩子,多给孩子一些宽容,让他们在老师爱的眼光中充满自信,健康地成长。或许我们真诚的爱会创造教育的奇迹。

# 商品经营与管理专业的方向灯

## ——读《马云：我的管理心得》有感

周祖民

自拿到《马云：我的管理心得》后，带着多年在商品经营与管理专业教学中产生的思考与困惑，我迫不及待地把这本书读完。马云的成功之路，我觉得就是商管专业教学与就业的教科书。这本书我读完之后，还拿到班里推荐给学生们，希望他们能从中得到感悟并激发专业学习的积极性。

在书中，我感受最深的是这么几点：企业家精神；客户至上；专注与坚持。

企业家精神表现在创造企业的目的的纯正性，不是为了满足私利，不是为了满足股东的利益，而是为了大众的利益，这个大众除了个人、股东以外，还包括客户与员工，甚至说社会。没有这样的认识，没有这样的胸怀，企业容易迷失方向，难以建立良好的企业价值观和文化。我们见过太多的急功近利的企业、太多不择手段的企业、太多没有社会责任感的企业，这些企业已经迷失了方向，或者说没有企业家精神。企业家精神就像一个人的道德观念一样，如果一个人没有道德、信念支撑，你可以想象他能做出些什么事情来，特别是在利益、危险面前。把企业当作自己的孩子，不只是让他变成赚钱的工具，而是可以为事业创造价值，带来快乐。

客户至上，没有客户就没有企业的生存。"如果我们的客户都倒下了，我们同样见不到下一个春天的太阳！""我们最重要的是更好地了解我们的客户，好好地服务他们"。"为客户提供高附加值的服务，使客户资源的利用最优化。平衡好客户需求和公司利益，寻求并取得双赢。关注客户的关注点，为客户提供建议和资讯，帮助客户成长"。"仅仅了解顾客的期望远远不够，更高的境界是深入顾客的内心，寻找他内心深处的渴望"。"客户大部分时间是错的——并不是追究客户的对和错,而是要勇于发现客户'对'的诉求,剔除'错'的诉求"。"互利,共赢,了解真正的需求,引导正确需求,这才是'正道'"。

专注与坚持,前者主要表现在一片繁荣的时代,后者主要表现在一片萧条的时代。繁荣的时候觉得做什么都有大把的钱赚,但关键是"阿里巴巴的问题不是怎么赚钱,而是赚什么钱,我们有很多的赚钱方式,但我们必须确信今天赚的钱以后还能赚到"。当困难来临时,如果我们不坚持,没有信念,结果就是灭亡,更快的灭亡。"只要不放弃,就仍然拥有一线机会"。"在中国,创业者就要像'小强'一样拥有强大的生命力才能创造大的价值。如何像蟑螂一样生存下去?关键的因素还是信念,首先你要相信你能成活,其次你要有坚持成活的毅力,'半跪着也要坚持'"。

马云的创业之路所要求的创业者应具备的素质和理念,在商管专业的教学过程中,与我们专业老师要求的执着、客户至上、专注等专业素质要求,特别是营销理念的培养相符合。读完本书,结合商管专业这些年的发展,我有下列两个思考:

## 一、如何丰富商品经营与管理专业的教学手段

一直以来,商管专业学生课堂上都是以理论学习为主,学生学习提不起兴趣,老师上课的积极性也不高,这与中职学校提倡的提高学生动手能力的理念格格不入。由于缺乏专业能力的培养,也导致了商管专业的毕业生陷入了啥都能做,但啥都做不好的怪圈。一方面,受学校现有资源条件的限制,很多中职学校没有能力建立起自己的营销实操间和校外实习实训基地,学生的专业教育缺乏有力的物质基础;另一方面社会对毕业生能力仍保持怀疑和观望态度,同时没有固定的合作企业愿意为学校提供相关项目支持,专业教育难以顺利开展。随着这两年学校对商管专业的重视,专业的教学环境也有了较大的变化,比如作为专业实训基地的e点便利店,为学生提供了管理、销售、仓管、收银等实训岗位,让学生真正接触实际工作岗位,得到专业锻炼。

## 二、要加强学生的创业意识

从这些年商管专业毕业生从事的工作来看，工作岗位的面比较广，没有一个明确的方向。其实从商管专业学习的知识和工作后接触的市场来看，商管专业的毕业生更适合自主创业。马云的创业之路，是对学生们的激励，更是为他们指明毕业之后的发展道路。要做好这一点，我觉得首先要做好师资队伍建设。师资队伍建设的质量直接影响着创业教育的最终质量。因此，学校在开展创业教育的同时，还必须做好师资队伍建设工作，加强教师人才培训力度，通过组织多种形式的主题培训活动，有效提升教师的职业能力和业务水平，科学指导学生的创业行为，并针对其中存在的问题，提出科学的解决方案。另外，学校还可以聘请一些有实际管理和创业工作经验的企业家、创业投资家等担任学校创业教育的兼职教师，以强化创业能力培养的师资力量。其次要创建良好的创业环境。良好的创业环境是保证创业教育成功的关键，因此，学校必须积极利用各方面的优势资源，加强教育基础设施建设，建立校外实训基地，并通过校企合作的方式对学生的创业心理和行为进行分析和研究，优化创业教育课程体系，引导和鼓励学生广泛开展创业实践。对于这一点学校已有了初步的行动，学校开办的e点便利店就是给学生提供创业实训基地。最后是完善课程整体设计。在实际教学中，尽量剔除理论性较强的科目，并且要求能在每门课程的实训教学工作中，都强化学生经营自己、管理他人的实践。本学期我们专业引进了模拟企业经营的沙盘游戏教学，能够很好地锻炼学生在企业中各个岗位的能力。

养成读书的习惯，它能给你带来不同的启迪与感悟；做好读书随笔，它能让你收获真正的成功。

# 路漫漫其修远兮，吾将上下而求索

## ——读《优秀是教出来的》心得体会

吴春美

寒假期间本人认真阅读了学校教研室推荐的几本书籍，其中《优秀是教出来的》一书给我留下了深刻的印象。这本书是由美国优秀教师罗恩·克拉克所著，书中谈到了创造教育奇迹的55个细节，其中的很多部分让我们感到似曾相识，很多的细节内容都值得我们学习借鉴。

《优秀是教出来的》一书从餐桌礼仪到积极心态的培养，从学习、生活中学会感恩，涵盖了青少年成长的方方面面。它告诉我们，每个孩子都有其独特的天赋和可塑性，优秀的学生，不只是学习成绩优秀，在一些细小的礼节上也要做得非常的规范、文明。

整部书并没有过多的理论分析，而是以叙述罗恩先生亲身经历的方式来告诉我们教育教学的道理。罗恩先生以他自己的成长经历及与孩子们相处的过程为例，讲述了一个老师除了要教学生学习书本知识外，还提倡在和孩子们相处的一点一滴、一举一动中给他们渗透做人的道理。书中介绍的55个细节，也是55条规则，不是要让孩子们循规蹈矩，而是在教会他们如何与人相处，如何待人接物。书中的许多细节，对于我们教育学生有着很重要的指导作用。以下是该书给我体会较深的几个方面。

首先，重视学生对细节态度的培养。

该书作者罗恩·克拉克认为："孩子当然要管，生活小细节更要管。"学生是祖国的未来，而学校是学生成长的摇篮，是培育人才基地。细节决定成败，我们的学习与日常生活习惯中一些貌似看不起眼的小事、细节很容易被人们敷衍、轻视和忽略。所有成功者，无不是从小事做起，无不关注自己身边的每一个细节。

俗语云："心中有大志，每天做小事"，很多中职学生往往在自己的言行举止等方面不注重细节，如乱扔垃圾，开会时喜欢讲话，与人交谈时不专注，忽略与对方的眼神交流等，因此，在班级管理和教育教学过程中，应把"细节流畅才是完美"作为一种思想理念灌输给学生，使之逐渐成为学生的一种行为习惯。成功是一个不断积累、持续改进的过程，努力了，注重细节了不一定就能成功，但是不努力，不注重细节，肯定会失败，这个道理很浅显，学生都明白，但是真正能把对细节的关注融入日常思想行为中的却很少，这就给我们教育工作者提出了一个课题，如何使学生把对细节的重视养成一种自觉的行为。比如以罗恩先生强调的细节引导学生：打喷嚏时捂住嘴，上厕所讲究公德，随手清理垃圾，乘坐公交车不吵闹，搭乘扶梯靠右行等，让他们从我做起，从身边小事做起，养成重视细节的习惯。一名中职生养成了注重细节的习惯，在今后的生活和工作中会做得更好。细节虽小，却决定着一个人的成败。

其次，重视学生良好行为习惯的培养。

中职学生是一个特殊的群体，他们中的大多数人在初中或之前由于各种原因就表现出较多的不良行为习惯，他们的文化基础知识不牢固，阅历浅，又处于身心发育的关键时期，思想活跃又极易变化，同时又将面临就业直接走入社会的阶段，因此，他们的行为习惯如何，直接关系到他们本人的健康成长、思想道德素质的提高、生活工作事业的顺利发展。在我国中职学生规模不断扩大的新形势下，如何培养中职学生的良好行为习惯是中职教育的重要课题。罗恩先生在这本书中讲到的创造教育奇迹的55个细节，其中包括学生良好行为习惯的培养，对于我们的教育教学都很适用。

针对中职学生普遍存在的种种不良习惯，我可以借鉴罗恩先生谈到的"全神贯注来读书""完成作业不拖延""别对作业发牢骚""遇到难题找老师"等规矩，教育学生培养学习习惯和学习方法的重要性。告诉他们要养成课前预习，课后复习总结消化，课堂上注意力要集中，专心听课，不懂就问，积极回答问题，动笔做笔记，按时做练习和作业，积极参加实习训练的学习习惯。这样反复训练才能养成良好的学习习惯。

## 悦读旨趣

部分学生存在礼貌习惯较差、不懂得尊重长辈和他人、随意翻弄他人东西、打断别人说话等现象，我通过罗恩先生谈到的"说话先要讲礼貌""见到老师问声好"等规矩，结合我校重视文明礼仪的教育来给学生灌输文明礼貌的意识，让他们在日常生活中养成文明礼貌习惯。

本人认为，学生良好行为习惯的培养要形成以社会、学校、学生、家庭为一体的教育网络。第一，要加大学校的教育和管理力度，教学育人，德育为先，规范言行和举止，提前培养和加强学生的良好行为习惯和职业习惯。第二，要求学生自身约束和遵守，努力训练和养成良好的行为习惯。第三，寻求家庭的配合。第四，让学生减少社会不良风气的影响。作为一名班主任，要多了解学生，让他们意识到有哪些不良习惯，从而有针对性地培养学生的良好习惯。

再次，欣赏学生，赞美学生。

在这本书中，有一个细节我印象特别深："赞美之词挂在嘴边"，这句话引起了本人的共鸣。生活中每个人都渴望得到欣赏和赞美，哪怕是一个欣赏的目光或一句最简短的赞语，也会给人带来无比的温馨和振奋。这个道理我想每一个教师都是明白的，但关键是在实施的过程中，我们能否恰如其分地运用它。其实在教学工作中，有时学生需要的，可能也只是一个欣赏的目光或一句简短的赞语。因为被人欣赏和赞美总是让人感到快乐的，尤其是学生受到老师的欣赏和赞美时会更加感到骄傲和自豪。欣赏和赞美是教师不可缺少的教学艺术，师生间彼此欣赏和赞美是成功教学的调和剂和润滑油。师生在彼此的欣赏和赞美中营造着宽松愉快的教学氛围，构建着平等和谐的师生关系。每个学生都有长处和短处，懂得欣赏和尊重他们的长处，改正他们的短处，是教师的教学艺术。例如，当学生课堂回答问题正确时，教师以欣赏的语气表示赞赏或认同："非常好""非常棒"，当学生作业取得某些进步时，老师要及时加以表扬，或写上批语："有进步，继续努力"等。这会给学生带来莫大的快乐和鼓舞，激发学生的求知欲，增强自信心。不少职业学校的学生缺乏学习的信心，平时缺少老师的欣赏和赞美，如果你在课堂上多次赞扬学生，就会激发学生学习的自信心，你也会受到学生的欢迎。师生间情感的交融和沟通，就可能达到"亲其师"而"信其道"的教育功效。

因此，教师在平素的教学中，要充分尊重学生，善于发现学生身上的闪光之处，学会欣赏，学会赞美，学会用自己的体态语言去感染学生，学会用自己的情感语言去鼓励学生，不要吝啬欣赏和赞美学生。要在彼此的欣赏和赞美中，创设"晓之以理，动之以情，导之以恒"的教育情境。这样，教学才能在交流中营造和谐，在和谐中促进交流。

我们要向罗恩先生学习，学习他那种"克服一切阻力，孜孜不倦地坚持"的毅力，学习他"只要你能投入，转机总会出现，成功就会在眼前"的精神。职业教育任重而道远，在今后的教育教学工作中，本人将继续前行。阅读这本书，本人所得到的启发很多，在此借用屈原《离骚》中的一句："路漫漫其修远兮，吾将上下而求索"，以表达本人阅读《优秀是教出来的》之后的最大感受。

# 《教学过程最优化》读后感

黄 蕾

我拜读了苏联伟大的教育家巴班斯基的《教学过程最优化》这本书，受益匪浅。我深深地感受到，在实施新课程改革的今天，该书倡导的教育教学观念仍有其非常重要的指导意义。此书从大的板块到小的细节，详尽而又实用，对我们的教育教学有着很好的指导作用。细细想来，只有优化教育教学过程，才有可能减轻教师和学生的负担。

那么，在当今新课程改革的教学教育过程中，最优化的关键是什么呢？通过阅读和反思，我个人认为主要有以下几点：

## 一、教学内容的最优化

要选择最优的课堂教学内容，教师必须采取一些行动，这些行动综合起来，就是教学内容最优化的程序。通过钻研、通读教材，如果发现必须充实教材内容，那么，教师就必须借助教学参考书和该学科有关的科普读物予以解决。与此同时，还应使教材内容现实化，即以反映科学、技术和社会文化生活发展的最新例子、事实等，来充实教材内容。在内容中考虑学生日常的生活环境和自然环境的特点，这是教学内容现实化的一个方面。

## 二、教学方法的最优化

所谓教学方法最优化，就是选择对一节课来说是最有效的教学方法。近年来，随着教育技术手段的不断改进，特别是多媒体技术在教学中的运用，使得我们课堂教学更加生动和精彩。但是，选择媒体也要适合，要能真正为本堂课的教学服务，同时要认识到，媒体不能代替一切，板书、教师教具的演示、学生的动手实践都应发挥其作用。选择运用有效的方法进行教学，是一堂课高效的保证。

## 三、教学教程的最优化

教学应当遵循认识规律，由浅入深，充分展开，让学生亲历过程。首先要自主学习。课堂上学生学习的状态是有效教学的重要指标。"自主"主要是指自觉主动，积极参与教学活动，勇于发现和提出问题、勤于思考和解决问题、善于和老师同学合作交流等直接决定课堂教学的有效程度。其次要倡导探究，把学习内容设计成探究性任务，让学生自己探究发现，寻找规律，得出结论。引导学生说明自己的思考过程，培养学生的思维能力，形成正确的思想方法。这个过程不能匆匆忙忙走过场。再者是优化练习。应精心设计练习，通过练习、拓展和实践活动，使学生熟练掌握知识、技能和方法，提升情感、态度、价值观。

在多年的教学工作中，我在咖啡制作专业课上用了"体验式"教学模式。通过实践，效果很显著，达到了课堂的最优化。

我们要求教出的学生不仅是一个能制作咖啡饮品的咖啡匠，还要对咖啡知识有着全面系统的了解，对咖啡文化有着较为深刻的理解，做一个传承、传播咖啡文化的使者。所以需要学生从"做"咖啡到"品"咖啡到"说"咖啡都有自己的见解。因此在教学中，我依以下的原则来开展教学活动。

### 1. 创设情境，激发兴趣

传统的课堂会比较严肃，但咖啡品赏和制作是体现休闲生活的一种方式，自然在课堂上也要学生感受到这种愉悦的气氛。因此每节课都在咖啡室进行授课，咖啡室是一间兼容休闲区和教学区的实训室，环境舒适、休闲雅致，它能实现接待服务，也能实现教学需要。每当学生踏进咖啡室内，就会被那弥漫着的咖啡悠香和优雅的音乐所陶醉，神情马上就轻松了下来，不由自主地被带到咖啡的世界里。在教学中，我根据授课内容，展示了多幅与咖啡有关的图片，如咖啡美食、咖啡器皿、咖啡音乐等，为的是创设和谐、愉悦的学习氛围，唤起学生参与的欲望，让学生陶醉其中。根据不同的课堂内容创设不同的教学情境，把课堂气氛烘托出来，使学生如身临其境地体会教学内容，能够触动学生的情感之弦，引起学

生的共鸣。比如说在单品咖啡制作课中，我会当场冲泡具有代表性的不同的几款单品咖啡，先让学生品尝，让他们告诉我各款的味道，他们会用苦、酸、香等字眼简单地去表述。在这看、闻、喝的过程中，学生被带进了咖啡的世界里，仿佛置身于咖啡馆中，学生的情感也得到了极大的激发。再如教学生使用意式半自动咖啡机时，我播放世界咖啡师大赛的比赛视频，通过观看选手流畅地使用机器，制作出杯杯美味精致咖啡的过程来激发他们学习的兴趣。

温馨的乐学环境、宽松的人际环境对学生良好心理品质、认知等方面的培养大有裨益。模拟生活化的课堂环境，使学生在无拘无束、轻松愉快的生活场景中交流思想、表达感情，其优越性在传统的课堂环境中是难以做到的。

**2. 角色扮演，感悟体验**

角色体验是一种通过让学生扮演一定的角色来获得丰富体验的教学方式，会使得教学与学习更加逼真。在让学生扮演不同角色的过程中，学生可体验所授内容的环节。在教授咖啡饮品的服务技巧时，我会将客人和咖啡师的角色进行不同的互换，老师做咖啡师，学生做客人，或是学生做咖啡师，老师做客人。这样的对换能让学生体会到作为客人需要得到什么样的咖啡服务，作为咖啡师应该如何操作才是规范标准的，除此之外还应如何与客人进行交流沟通等服务细节。在角色互换中，学生既要冲泡咖啡、服务客人也要品评咖啡。这种切身的体验是通过观察、行动及表达形式进行的，产生的是感悟性的理解，有助于学生理解不同角色的需要，容易加深对学习内容的记忆和理解。而且这种体验是生活化的，学生易于理解，乐于大胆参与，课堂效果十分活跃。咖啡的香味也随着每个环节融入了课堂，沁入了每一位学生的心里。

**3. 操作实践，合作探究**

操作实践是通过让学生从事一定的动手操作活动来获得丰富体验的过程。通过操作活动，能够激发学生的兴趣，使学生深刻体验有关理论知识，领悟操作的技巧。整个操作的过程，是把抽象的理论知识通过生动鲜活的操作活动传授给学生，使学生在操作中自然地去理解、掌握和感悟有关理论知识，进而指导自己的行为。比如在上滴滤式咖啡课时，学生要体会自己亲手冲泡咖啡的过程，通过改变咖啡粉的研磨度、水的温度、粉水比例、浸泡时间及不同的冲泡手法来感觉冲出来的咖啡不同的味道。而且学生在冲泡咖啡时会遇到问题，他们会提出自己的想法，之间也会有争议，讨论得非常的激烈，也向老师提出问题，大家相互之间得到了提高和促进，这是一种学生与老师间的合作，对所学内容进行实践和探索，对所学的知识才能更好地理解和运用。这当中老师就是引线之人，调控课堂的内容、节奏及气氛。

**4. 总结评价、提升能力**

在教学过程中，学生和老师之间很多时候是体验一种分享，分享过程、感受和心得，师生共同总结出知识要点、操作重点、技巧以及对咖啡的理解。每个学生对体验活动有不同的认识和体会，学生可以自评和互评，最后由教师进行总评，这样做有助于学生认识自己的不足，看到他人的长处，起到相互学习和促进的作用。而在教学中，依学生的实际情况和教学需要，教学中应尽量不搞"一言堂"和"满堂灌"，而是多给学生以"听、看、想、说、练"的机会。在积极的体验中，感知不断加深，不断产生新的想象，也会出现大胆的尝试，这是自主性的学习、探索性的学习，有助于培养学生的创新意识、创新能力、解决问题的能力、与人合作的能力、运用知识的能力等。这些才是老师要教给学生的、能够受用终身的技能，这才是学生们取之不尽、用之不竭的宝贵财富。

总之，务实高效必定会为我们的课堂教学带来前所未有的活力与生机，为语文课堂教学开辟广阔的空间。只有构建起高效的课堂，才能真正提高学生学习兴趣，开阔学生视野，锻炼学生能力，从而获得最优的学习效果。

# 浅谈中职高效课堂的几点想法

## ——读泰勒的《课程与教学的基本原理》有感

吴 祎

在我校第三届读书节中,我有幸阅读了泰勒的《课程与教学的基本原理》。泰勒的课程编制原理被视为现代课程研究的范式,并使他被誉为"现代课程理论之父"。泰勒从事的"八年研究"对美国的教育产生了重大的影响。以实用主义方法论为基础的泰勒课程编制目标模式认为,"教育是改造人类行为模式的一种历程,学校要通过课程,在学生身上引起行为模式的必要变化"。这种行为不仅包括外显行为,还包括内隐行为,即学生的思想和情感。泰勒认为"课程不是为课程本身而存在,不是为教师生存而存在,也不是为了学生急性的、偶发的需求而存在,课程要顾及孩子将来的生存与发展,要为其一生奠定基础,最终要归结到终极意义——幸福上"。从我校近来所进行的目标教学到"三融"课堂,我们所追求的就是以人为本的高效课堂,将实用主义的教学理论利用到课堂教学中。下面我就谈谈对中职高效课堂的几点想法。

## 一、提高自身素质,展现人格魅力,保障高效课堂实施

### (一)教师要有渊博的知识

像我们海口旅校的中职生,特别是信息商贸系的学生,他们虽然学习基础不好但是思维活跃,社会知识来源较快,观念更新较快。我们教师如果没有强硬的专业知识和其他丰富的知识,是很难驾驭课堂的。拥有渊博的知识,学生就会敬仰,同时也可能在同事之间树立标杆,从而提高学生的学习兴趣,保障高效课堂的实施。

## （二）教师应具备良好的道德品质

我们教师应该具有良好的师德，特别是在全国学习社会主义核心价值观和海口市正在举行的"双创"活动中，我们教师应该以良好的师德作风展示在学生面前，认真执行"三严三查"，敬业爱岗，为人师表，爱护学生如亲子，让德育贯穿到课堂整个过程，从而保证高效课堂的实施。

## （三）教师要有乐观积极的心态

胡锦涛总书记在一次全国优秀教师座谈会上指出："教师是人类文明的传承者。推动教育事业又好又快发展，培养高素质人才，教师是关键。"这就要求每位教师用好心态"授业"，用好心态为学生"解惑"，用充满激情的、积极向上的心情对待每天的工作。针对我们中职学校学生多数呈现独生子女"唯我独尊"，合作意识不强，中考失败后情绪低落等特点，就需要一种课堂润滑剂，那就是良好乐观的心态。教师保持乐观积极的心态，学生就会被老师感染，尤其是兼职班主任的老师，更需要有乐观积极的心态。没了乐观积极的心态，教师的教学艺术、人格魅力也就无从谈起。有了课堂润滑剂——乐观的心态，高效课堂就能够得以保证进行。

## 二、更新学生观念，实施因材施教，提高高效课堂全覆盖

对于我们职业学校学生来说，学生基础比较差，学习能力低，学生的人格品质性格特点各种各样，在教学中应注意更新学生观。在新课程观下，要尊重学生，注重学生的个性发展，实施"自主、合作、探究"的学习方式，培养学生的探究精神和创造能力，这就要求教师要适应新时期教育工作的要求，不断加强学习新理念，积极实施高效教学，使各类学生都能有所进步，有所发展。要树立这样的学生观，那就是作为教育对象的学生都是独立的个体，存在着个性差异，甚至是天壤之别，教育的任务不是消除个别差异而是因势利导，倡导尊重学生个性差异，实施因材施教。要真正做到因材施教不是件容易的事情，教师在教学中应

根据不同学生的认知水平、学习能力以及自身素质,选择适合每个学生特点的学习方法进行有针对性的教学,发挥学生的长处,弥补学生的不足,激发学生学习的兴趣,树立学生学习的信心,从而促进学生全面发展。

### (一)对精力过剩爱打闹的学生

主要表现为爱玩、爱闹、爱打架,难以管教,但他们较聪明好动,反应快,接受能力强。首先,平时要与学生建立良好的人际关系,这样他们容易在心理上接受教育和指导。其次,要适当放手,课堂上管教适度。课堂上要给他们一定的自由讨论或活动的时间和空间。要耐心辅导,多鼓励,少批评。

### (二)对上课不专心听讲的学生

主要表现为上课多动、好玩、爱讲话,甚至在家中学习也表现出心不在焉。对此类孩子的教育,实际上,应训练孩子专心听讲,知识要联系日常生活,专门为他们设计好课堂练习或技能题。在课堂训练中可安排三四件事,明确先做什么,后做什么,最后做什么,其次,要有意识地训练他们的注意力,和他们讲话时,一定要让他们看着你的脸听。应尽量要求复述课堂内容,或谈上课中印象最深的问题,可安排实践题目让他们完成。

### (三)对品德好勤奋学习的学生

此类学生占一少部分,教师课堂教学中主要应引导学生科学学习,教给学生一些学习方法,有意提高学习难度,拓宽学生学习范围,加大阅读量,让其智力尽可能地得到最大限度发挥,始终让其学有动力、永不满足,要特别为其设计培养目标。不要重复简单问题,以防学生厌倦、反感。题目检测以能力题目为主。

## 三、加强学科备课,组织课堂教学,提升课堂教学效率

高效课堂还主要体现在课前准备和课堂实施上。教师只有深入钻研教材,精心设计课堂教学过程,才能取得良好的教学效果。特别是对于我们职业学校的学

生更应该是这样。

## （一）应根据实际加强学科备课

### 1. 备课标

全面贯彻新课程标准要求，结合具体教学实际把其转化为具体的教学行为，同时还要灵活使用新课标，一切有利于教育学生的教学行为都可算作正常的教学行为。要具体把专业课与文化课，专业课与德育课目标备到里面，把思路备到里面。要明确每节课教学的重点与难点，而不在面面俱到，不要胡子眉毛一把抓。

### 2. 备教材

通过对教材的深入研究，通过借助网络等手段吃透教材，掌握每一节课的重点、难点，弄清自己该教什么，怎么样教，如何把专业课与文化课相融，专业课与德育相融。并且设计到教学过程中去，使教学过程活而有效。

### 3. 备学生

了解学生的学情，知道学生该学什么，结合学生实际，从学生实际出发，尊重学生的个性差异，分层设计有利于学生探究和巩固知识的练习题目，使每一位同学都有事可做，都有成功感，体验学习的快乐。

## （二）利用多种手段组织课堂教学

### 1. 运用多媒体教学手段，进行教学

（1）这种手段为加大课堂容量、提高课堂效率插上了翅膀。利用现代化教学手段，可节省大量的板书时间，让学生把更多的精力放在接受启发、点拨、解决疑难问题以及听说读写训练上。

（2）能够创设情境，调动学生学习兴趣，使学生爱学、乐学。现代化的多媒体教学手段，具有声情并茂、视听交融、动静交错、感染力强的特点，集文字、声音、图像、图形于一体，它在处理图文、动画、视音频等方面的良好能力能在很大程度上满足学生视听感官的需要，更好地激发学生学习的兴趣，调动学生的积极性，使学生产生强烈的学习欲望，从而产生良好的学习效果。

（3）发挥其直观形象性，能化繁为简，变难为易，激发学生思维，释疑解难。

**2. 采用多种教学方法**

（1）小组合作法。就是建立学习小组，"以兵带兵"，提高教学效率。划分小组不仅要保证各小组学习能力均衡，更要注意学生性别、性格的合理调配。重点培训小组长，他们是小组的组织者、协调者。小组长作为学生中的一员，他们更了解学生的学习实际、生活实际，对班级的管理更有效。

（2）任务驱动法。就是课堂利用任务来驱动学生合作学习。任务的分配要具体，要有布置、有落实、有检查、有评价。任务越具体，针对性越强，学生学习的目的性就越明确，学生才能在课堂上对所学知识进行合作、探究，彼此交换对学习目标的理解，在辨析中形成各自对知识的认识和理解，从而构建相对完整的知识体系。

**3. 设计好课堂检测与评价**

教师对学生设计的检测题要灵活运用，恰当点拨和有效拓展，逐渐训练学生的思维向更深更广发展，促使其不断进步。另外学生也可以自主设计课堂检测试题，小组间互相出题互相检测也更能调动学习的积极性。在课堂管理上，想引导学生向什么目标发展，即可设置相应的评价。如果注重对"全员参与"的评价，学生就会"抱团发展"。比如，对于小组的互评，可不仅评价发言的质量，还可以评价参与的次数。

我阅读了泰勒的《课程与教学的基本原理》后感受很深。泰勒认为"课程不是为课程本身而存在，不是为教师生存而存在，也不是为了学生急性的、偶发的需求而存在，课程要顾及孩子将来的生存与发展，要为其一生奠定基础，最终要归及到终极意义——幸福上"。从我校近来所进行的目标教学到"三融"课堂，我们所追求的就是以人为本的高效课堂。愿我们的课堂教学更高效、更精彩。

# 美发课堂教学中的小组合作学习

## ——读《学校的挑战——创建学习共同体》有感

吴清葵

翻读了《学校的挑战——创建学习共同体》一书，书中提到的"合作学习"让我不禁想起我们学校一直都在做的目标教学。在多年前，我们已经将合作学习列为学生学习的重要途径，通过互惠的学习方式，使得更多的学生掌握学习的成功秘诀。这种互助学习的方式，在专业教学中被广泛使用。

合作学习是普遍采用的一种富有创意和实效的教学理论与策略体系。这次通过研读，根据美发学科的特点，将小组合作学习策略合理运用于美发教学中，并对教学模式和理论依据进行了探讨。

美发课程的理念是激发学生的学习兴趣，在实际操作情境中认识美发，使学生形成基本的美发专业素养，培养学生创新精神和解决问题的能力，为促进学生发展而进行评价。课程改革要求教师教学方式转变，树立以学生为主体的教学观念，鼓励教师创造性地探索新的教学途径，改进教学方法和教学手段，组织丰富多彩的教学实践活动，为学生学习营造一个兴趣盎然的良好环境，激发学生学习美发专业的兴趣。那么，在教学上采用怎样的教学模式来实现这个理念？在学校多年目标教学模式的实施下，美发教学一直沿用小组合作先学后教的方法来进行专业教学。

合作学习（Cooperative Learning）是指促进学生在小组中彼此互助，共同完成学习任务，并以小组总体表现为奖励依据的教学理论与策略体系。合作学习在形式上是学生座位排列由过去的秧田式变成合围而坐，但其实质是学生间建立起积极的相互依存关系，每一个组员不仅自己要主动学习，还有责任帮助其他同学学习，以全组每一个同学都学好为目标。教师根据小组的总体表现进行小组奖

励,学生是同自己过去比较而获奖励。合作学习不仅有利于提高学生的学业成绩,而且能满足学生心理需要,提高学生自尊,促进学生情感发展与同学间互爱及学生社交能力的提高。通过这种形式的教学,学生可以较好地适应将来在校外可能遇到的各种能力差异,使个别差异在集体教学中发挥积极作用。我对于合作教学的理解是:

(1)小组合作学习是以小组活动为主体而进行的一种教学活动

这是它区别于传统班级教学的最本质的特征,它的所有环节都必须以小组合作为核心:教师的精讲是为了提供活动的知识背景,小组奖励的实施为活动提供取之不竭的动力源泉。

(2)小组合作学习是同伴间的互助合作活动

它通过创设"组组间较量、组内同进步"的小组形式来改变传统教学结构,其目的就在于促进小组成员之间的互助与合作,并以此作为教学活动的动力。

(3)小组合作学习以小组的总体成绩作为评价和奖励的依据

它改变了传统班级教学中以个人成绩为标准,以学生个人为奖励对象的做法,从而改变了班级教学中学生成员间以竞争为主的交往方式,促进了组内成员的互助与合作,使学生在各自的小组活动中尽己所能,得到最大程度的发展。

(4)小组合作学习以小组为主体的目标设置来保障和促进课堂教学的互助、合作气氛

各组组内成员都必须视小组的成功为个人的成功,从而使每一个成员不仅自己要学会要求掌握的知识,而且还要关心和帮助组内的其他成员获得成功。

在美发教学中,是这样实施小组合作学习的:

## 一、组建学习小组

学生刚接触专业,对专业学习充满了好奇与新鲜,都没有任何的技能基础,所以在上课前,教师根据人数将学生按5人随意分为若干组,小组推荐一名同学担任小组长,以小组合作的形式在老师的指导下通过组内同学的探究和互助活动共同完成学习任务。

## 二、确立"小组合作学习"的目标

小组合作学习要通过学生间的互相交流来实现优势互补,从而促进知识的建构,充分唤起学生的主体意识,建立起探索性的个性化的主体学习方式,培养学生的创新精神和创新能力。

小组合作学习要使学生在融洽开放的学习氛围里,进行积极主动的交流合作,从而减轻思想压力,增强自信心,增加动手实践的机会,培养学生的竞争意识、集体观念和合作精神,使不同的学生都得到相应的发展。

## 三、实施"小组合作学习"的过程

以修剪平直线为例,小组合作学习的整个过程大致可分为:明确学习任务—合作探究—交流学习—反馈结果—示范—练习。

### 1. 明确学习任务

在合作学习之前,导入平直线的修剪方法,解读如何操作,明确目标。告诉学生发型评价的标准是什么,合作学习的重要性,适时引导激发学生的学习兴趣,使学生明白怎样完成学习任务。

### 2. 合作探究

确立学习任务之后,小组要研究学习目标,明确主攻方向和需解决的问题,根据修剪要求,探索交流。在此期间教师要在组间巡视,针对学习过程中出现的各种问题进行及时引导。

### 3. 交流学习

小组成员通过探究,由一名同学先按要求把发型的导线修剪出来,其他同学对有疑问的地方进行集体研究,再次按发型修剪的方法进行剪切。

### 4. 反馈结果

通过小组间的交流探讨,教师对每组修剪的发型进行点评,再次解读修剪的方法,此时学生再次得到修剪的技能技巧信息,对平直线的修剪方法完全掌握。

### 5. 示范

教师示范平直线修剪的操作，学生再次掌握了修剪技巧。

### 6. 练习

此时学生已经掌握了修剪的方法，每位成员通过再次的练习巩固了技能。

## 四、小组合作学习的优势

### 1. 强化学生的主体意识

开展小组合作学习，有利于师生间、学生间的情感沟通和信息交流，有利于思想的撞击和智慧火花的迸发；能够强化学生的主体意识，激发学生潜在的创造力，鼓励学生从不同的角度去观察、思考问题，发展思维的发散性、求异性。学生通过动手操作、探索交流进行学习，真正成了教学活动的积极参与者。

### 2. 建立和谐平等的师生关系

小组合作学习能密切师生之间的关系，让学生从被动服从向主动参与转化，从而形成师生平等、协作的课堂气氛，使教师真正成为教学活动的组织者、引导者、合作者。另外，合作学习弥补了教师一个人不能面向每个学生进行教学的不足，通过学生间的讨论与交流，让技能好的学生可以帮助这方面学习差的学生，知识技能互补，达到人人教我、我教人人的目的。

### 3. 融入文化课

平直线的修剪，就是0度的剪切。个别学生对于剪切角度理解不透，在平面上角度容易掌握，而在头型上，就不知怎么才能找准角度。无形中学生就知道文化课学习的重要性，如果角度掌握不好，发型就剪不好，所以很好地将文化课与专业课融合。

### 4. 提高自信

小组合作学习，可使每一个参与者不仅充分表现自我，而且在与他人相处中学会接受他人、欣赏他人、取长补短，提高个人的自信心。

## 五、小组合作学习中应注意的问题

**1. 处理好独立学习与合作学习的关系**

合作学习非常重要，但只有建立在个人努力的基础上才能完成。在合作学习之前要让学生先独立思考，有了自己的想法后再和同伴探究、交流、解决问题，这样做就避免了只有好学生动口、动手，困难学生没有独立思考机会而直接从好学生中获得信息的现象。合作学习要给学习有困难的学生提供思考、进步的机会。

**2. 讨论的内容要有价值，避免走过场**

在教学过程中，合理安排学生讨论、合作学习有很多好处，但也不能因此而滥用合作。合作学习的内容要有一定的难度，有一定探究和讨论的价值。无目的、无针对性、无必要性的小组合作，学生毫无兴趣，甚至有时会趁机聊天，因此，要求教师在备课时要深入研究教材，明确教材所要体现的新理念。

随着现代社会的迅猛发展，各种竞争日益激烈，只有学会合作，学会从他人智慧中获得启迪，才能最大限度地发挥个人潜能。学会在合作中自主探索，创造性地解决问题，有利于学生素质的全面提高和人格的完善。

# 德育管理篇

# 全面发展才能成为高素质的职业人

## ——由黄炎培职业教育思想想到的

蒋 靳

职业教育的本质是培养全面发展的人，而一些人却把"以就业为导向"的职业教育办学方针理解成"职业教育就是就业教育"，从而出现了只注重专业技能的掌握、一味强调就业，而不注重文化知识的学习、忽视德育教育的短视行为。本文从黄炎培先生的职业教育思想出发，指出了当前职业教育中存在的上述问题，阐述了职业教育培养高素质人才须重视文化知识和德育教育的重要性及必要性。

做职业教育的人都熟悉"以就业为导向"这句话，这是《国务院关于大力发展职业教育的决定》中提出的职业教育办学方针。但在实际办学过程中，不少人却把"以就业为导向"理解成"职业教育就是就业教育"。一些职业教育的口号，如"与市场零距离对接""企业的需要就是我们的培养目标"等，看上去似乎比较务实、高效，但背后显现的却是短视和功利。这实际上是把职业教育降低到了职业培训的层次。

最近读《敬业乐群 黄炎培职业教育思想读本》时，对当前职业教育中存在的只注重专业技能的掌握、一味强调就业，而不注重文化知识的学习、忽视德育教育的现象更加深有感触。

黄炎培是我国职业教育的创始人、中华职业教育社的发起者。对于我国的职业教育，他几乎倾注了毕生的精力。早在一百年前黄炎培先生就有了一套系统的职业教育理论，紧扣中国的实际，又具有很强的指导性，不仅当时无人可以望其项背，即使今天来看也毫不落后，值得我们去研究去借鉴。

黄炎培先生的职业教育名言很多，如"谋个性之发展，为个人谋生之准备，为个人服务社会之准备，为国家及世界增进生产力之准备。"从自身谋生、发展，到服务社会，到肩负增进国家乃至世界生产力的重任，立足何其高远，视野何其开阔！还有"使无业者有业，使有业者乐业""双手万能，手脑并用"等，这些凝练的语言至今依旧闪烁着智慧的光芒。

然而真正引发我思考的，是黄炎培先生1936年面对重庆市商会私立通惠中学、四川省立重庆高级商业职业学校、私立实用高级商业职业学校、重庆市商会私立益商职业学校等四所学校的师生演讲时说的一段话：

"……譬如说有一个银行或大商店要招五位练习生，他们要成绩好的呢，还是要成绩坏的呢？当然要成绩好的喽。""所谓好，譬如功课，当然要成绩有百分或者99分才行。但只要功课好，够了吗？不够，还要身体强健。身体强健，够了吗？不够，还要技能纯熟。……这样，够了吗？不够，还要脾气好。……要是当一个零售商店的店员，顾客要买茶杯，拿了一个，不行；调一个（调：调换——笔者注），不行；再调一个，啊呀！怎么这样麻烦，真是懊悔，不该进商业学校啊！这是不行的。"这里，黄炎培先生用极通俗的语言阐述了一个合格的职业学校毕业生应具备的素质——功课好、身体强健、技能纯熟、脾气好。

作为职业学校的毕业生，身体强健、技能纯熟，是毋庸置疑的，因此无须赘述。在此我想先谈谈"功课好"，这一点很值得我们去细细品味。黄炎培先生在演讲中将其放在了第一位，可见其重要性。黄先生的演讲词里提到了"技能纯熟"，所以笔者以为这里的"功课好"应该不是指专业课要学好，至少不是主要指专业课，更多的应该是指文化学科的成绩要好。这一点对当今的职业教育依然有着很强的指导意义。

长期以来，家长也罢，社会也罢，人们普遍认为进职业学校就是来学技术的，这使得不少中职学校在办学过程中过分强调专业课教学而忽视文化课教学。文化学科不像专业学科很快可以看到效果，比如烹饪专业，学生学会了某种菜品的做法，马上可以做出这道菜；酒店服务与管理专业，学生学习了宴会摆台马上就可以摆出来；美容美发专业，学生掌握了化妆的方法就能设计、完成一个生活妆或宴会妆。而每当有大型活动时最能出彩的也是专业技能展示。可是文化学科就不一样了，今天学一个词语、读一篇经典文章，明天不会说就用这个词语造句、用这篇文章里的句子说话；今天学一个方程式，明天、明年甚至几年后可能都不会直接用得上。因此一些急功近利者便认为职业学校的学生首要任务是学好专业课、练好专业技能，文化课可有可无。甚至笔者所在的学校就有专业老师明确告诉学生说：你们把专业课学好就行了，至于文化课，学不学无所谓，考试背一背就及格了。加之职业学校的生源决定了学生的文化课基础本来就差，这种想法和言论正好迎合了学生厌学的心理，助长了他们重专业课轻文化课的学习风气。

  从一个职业人的发展来看，这是一种极其短视的观念。殊不知，文化课的学习对一个人的影响是长时间潜移默化的，是内化在头脑、身体中的。它可以丰富你的人文素养，从而在外形上改变你的气质，从内在上提高你的综合素质。当今社会竞争日益激烈，和中职生抢夺饭碗的还有大批的高职生。与中职生相比，高职生的专业技能即动手能力普遍要差一些，但从个人发展的上升空间来看，高职生却往往要超过中职生，这正是因为高职生的文化水平比中职生高，使他们在言谈举止、接人待物等方面的综合能力显得略高一筹。爱因斯坦曾经说过："用专业知识教育人是不够的，通过专业教育，他可以成为一种有用的机器，但是不能成为一个和谐发展的人……"对于中职生来说，文化学科的学习虽然不会直接增长他们的专业能力，但可以改变其作为普通技术人员的形象，使其成为内涵更加丰富，各方面潜能得到充分发展的专门技术人才，达到内化于心、外化于行的效果。

  实际上就专业课的学习来看，有时文化学科的知识是不可或缺的。记得有一次去听一节中餐宴会摆台课，当老师讲到白酒杯离红酒杯的距离几厘米、汤碗离骨碟的距离几厘米时，很多学生一脸茫然，不知道一厘米是多长。在美容美发专业的发型、妆面设计时，在烹饪专业的热菜装盘、冷菜拼盘、食品雕刻上，都讲究构图的美观，这就必不可少会用到数学中的几何知识和黄金分割知识。印象最深的是笔者所在学校的一位烹饪专业课老师指导学生参赛的一个面点作品，作品的名字叫"酒鬼酥"。在一个长方形的盘子中，做好的成品一个个整齐地摆好，盘子的右上角不知用什么食材做了一个微醉的小人背着个酒囊，而点睛之笔是小人下方以巧克力为材料写的两句话"古来圣贤皆寂寞，唯有饮者留其名"。这来自李白《将进酒》的两句名言，使一个简单的面点作品顿时有了文化内涵，也使得"酒鬼酥"这个作品名字"师出有名"，一下为整个作品增色不少。

黄炎培先生在他1915年6月14日的日记中写到了职业学校的学科设置："以仅施职业训练为不足，故更以其半课业时间，从事于绘图、数学、英文、历史、地理、市政诸学科。"（之所以未提语文，笔者以为是因为那时的孩子小时候大多读私塾，国文知识都很扎实了，而缺少的正是自然科学知识）一百年前老先生就已经认识到了职业教育不能只强调专业技能的掌握，而应该多种学科全面发展，难道今天的我们反倒看不到这一点吗？

再来说说"脾气好"。从黄炎培先生描述的情景来看，所谓的"脾气好"用现在的话说就是要爱岗敬业，要有良好的职业道德。而良好的职业道德是不可能自发形成的，必须有目的、有计划、有系统地教育和培养。目前社会对职业教育的认识和定位，决定了职业学校的生源大多有这样、那样的不良习惯和心理健康问题，对于毕业后将要面临的需要付出大量体力的枯燥的重复性工作，他们没有充分的心理准备，如果在校期间没有必要的德育教育来疏导，学生在了解了他们的工作性质后就会对就业产生畏惧、排斥、焦虑的心理，即使勉强就业，也会出现种种问题，更不要妄谈爱岗敬业和良好的职业道德了。因此对于中职学校来说，德育教育更加具有必要性。

职业教育的德育除了具有与普通教育所共有的目标、内容、途径之外，还承担着疏导学生心理、纠正不良习惯、完善健康人格的义务，培养学生积极向上的职业心态和职业道德，培养学生学会与人和谐相处、与社会和谐相处、与自然和谐相处的能力，树立正确的职业观念和职业意识，并有针对性地引导学生规划职业生涯。有些学校一味强调技能、强调就业，往往忽视了德育的这些作用，致使学生毕业后不能吃苦耐劳，做事常常半途而废，只会埋怨责怪等，对他们的发展极其不利。值得庆幸的是，笔者所在的学校十分重视德育教育，并使其成了本校的特色而获得全国德育教育先进学校的称号，这也是我校毕业生多年来一直受到用人单位好评的原因之一。

归根结底,职业教育的本质是培养全面发展的人,而不是生产一个个机器。因为对于企业来说,所需要的不仅仅是具有某方面技能的员工,更重要的是具有现代意识的人才;对于学习者来说,职业教育的价值不在于使他们找到一份工作,而是让他们有热爱的事业并有发展的空间。如果职业学校培养出来的学生,有技能而没有文化,能赚钱却缺乏职业道德,甚至缺乏公民意识,那么我们的职业教育就有重大缺陷,甚至可以说是失败的。

因此,作为中职生,一定要有一个强健的身体,在练好专业技能的同时,还应不断提高自己的文化素养,培养健康的心态和良好的职业道德,这样才能成为德智体全面发展的高素质职业人。

# 最简单的路径，抵达最丰富的可能

## ——读《窗边的小豆豆》有感

李立妮

在日本作家黑柳彻子的《窗边的小豆豆》这本书中，没有华丽的辞藻，没有跌宕起伏的情节，但我却感受到了爱的无处不在。从书中小豆豆的身上，我们依稀可以看到自己童年的影子。她活泼可爱，充满童趣，却又淘气顽皮，当她觉得书桌盖子与家中的书桌不同的时候，在上课时，她就上百次地对书桌开了关，关了开；她还站在窗边一次又一次地问屋檐下面做窝的小燕子："唉，你在做什么呢？"甚至还在老师上课时趴在窗边等着宣传艺人经过，并且大声跟宣传艺人说话。就是这样一个让老师头疼，是别人眼中的"坏孩子"，在被学校要求退学后，妈妈把她送到了"巴学园"，在巴学园快乐而又富有个性的学习生活中得到了小林校长的赏识和鼓励，在"巴学园"健康快乐地成长，最后被赞誉为"日本最伟大的女性"。小林校长独特的教育方式和教育行为值得我深思与学习。

在几年的教育教学工作里，我一直未能深刻地理解和领悟什么样的教育才算得上是真正有效的教育。因此我带着这个问题和思考，成了今年的实习带队教师，因为我想要在学生的实习指导工作中找到答案。在实习指导工作中，有个学生的实习案例对我触动很大。

该生是我校12级酒管班的学生，现在在海棠湾凯莱酒店客房部实习。他给我的第一印象就是特别能说，在集合去酒店的第一天，他就一直不停地在我耳边碎碎念，唠叨一些无关痛痒、"鸡毛蒜皮"的事，由于当天要接3个酒店将近100个学生，人数较多因此烦琐事情也特别多，我也就没心情和耐心理会他，只是在心里默默地记下来他的名字和班级。其实在实习后我很快在无意中已经忘记了这个学生和这档子事,但在几次的实习生会议中,他又多次"崭露头角",曾多次打断我的会议内容,并且多次在我会议讲话的时候插嘴,转移话题,让我很是生气,也因此言辞犀利地批评过他。通过向其他同学了解得知,他在校也是这样话多,调皮捣蛋。因此心里更加肯定了对他的猜想,像他这样话多让人烦又调皮捣蛋的学生,肯定在实习岗位上不受到领导和同事的欢迎,甚至会被客人和酒店投诉,因此我已经做好帮他去酒店"擦屁股"的准备。可是有一天我很意外地收到酒店发来的关于他的表扬信,他竟然被评为酒店的优秀员工。酒店给的获奖理由是:①该员工在给俄罗斯客人提供服务时,头脑灵活,在语言不能沟通的情况下,利用工作手机软件的翻译功能及时帮助客人解决问题,值得表扬(行政管家推荐)。②10月3号酒店5309的客人被关在阳台,需要工程部协助帮忙,该员工得知工程部人手不够时,主动前往工程部协助抬来8米移动铝梯帮助客人解决困难,这种乐于助人的精神值得学习(值班工程师推荐)。

经过与他部门领导的深入了解得知,他平时虽然话有点多,但工作勤奋,能善于跟客人沟通,能给客人提供满意贴心的服务,最重要的是机灵,能及时帮助客人解决困难,是非常优秀的员工。听到这个评价加上之前我对他的看法,心里真是五味杂陈。

在黑柳彻子的《窗边的小豆豆》这本书中,当我看到小林校长没有打一声哈欠,没有露出一点不耐烦的神情,而且还像小豆豆那样,向前探着身体,专注地听着小豆豆说了整整四个小时的"鸡毛蒜皮"事情的时候;当我看到小林校长对小豆豆为了找钱包拿舀子舀便池的行为,以及吵闹、顽皮甚至是"捅娄子"的行为都理解并且宽容善待的时候;当我看到小林校长为患有侏儒症的高桥君举行特殊的运动会,为了让高桥君得到大家的赏识的时候;当我看到小林校长能用赏识的眼光去发现每个孩子身上的闪光点,并且经常对小豆豆说:"你真是一个好孩子"的时候,我才深刻地体会到何为真正有效的教育,并对自己之前没能耐心地去教育和赏识学生的闪光点而感到自责。

得知该生被酒店评为优秀实习生后,我找他出来聊了一下。在聊天中他跟我

说了这样一句话让我永生难忘："老师，你是不是觉得我被酒店评为优秀实习生，你很惊讶和意外？应该全校所有认识我的老师都会觉得意外吧。"我问他为什么这么说，他说在学校由于他话多、啰唆，经常在课上插嘴，转移老师的话题，且调皮捣蛋，很多老师都很反感他，甚至有很多老师言辞很犀利地批评和处分过他。

的确！在平时的教育教学中，我们很多老师由于繁重的工作压力，都喜欢乖巧听话、中规中矩的学生，认为这样的学生才是好学生，并对那些经常出言不逊甚至是调皮捣蛋的学生感到讨厌，因此也越来越没有耐心去好好教育和帮助他们，甚至更不会像小林校长那样细心地去挖掘和赏识这些调皮捣蛋学生身上所蕴藏的闪光点。鲁迅先生说过："驯良之类并不是恶德，但发展下去，对一切事情无不驯良，却绝不是美德，也许简直是没出息。"现代教育研究表明，天才的显著特征之一就是调皮好动，我行我素，还经常有出乎常规的言行。小林先生创办巴学园共8年，1945年东京大空袭中被烧毁，只存在了极短的时间，尽管在巴学园的全校学生不足50人，但后来，国家级人才就有10多个，世界级2个，不得不令人深思。所以我认为有效的教育就是教师不应该拿一个标准去衡量每个学生。

之前我一直错误地以为有效的教育一定是很复杂和深奥的，但看了黑柳彻子的《窗边的小豆豆》这本书后，我才深刻地体会到正确和美好的事情往往都不复杂，凡事太复杂了一定有问题。

小林校长润物细无声、因材施教的教育方式给人的感觉就是他没有在教书育人，却又教得那么成功。小林校长的不平凡之处就在于他能够在日常生活中，让孩子们不知不觉知道了很多，比如欺负比自己小的、弱的人是可耻的事；看到乱糟糟的地方，自己要主动地打扫；尽量不要妨碍别人；等等，这些观念已经深深地种在孩子的心里。他用自己独特的教育方式和科学的教育理念成功地开启了孩子心灵的四重门：好奇心、自信心、自尊心和同情心，创造了一个充满魅力的教育环境，并用"爱"去教育每一个孩子，把他们培养成富有个性的人。所以在教育思想的传播中，小林校长就是通过一条最简单的路径，引领孩子们抵达最好的教育可能。

　　小林校长独特的教育方式和教育行为让我深刻明白，在教育这条路上，仅仅靠经验是很难穿越和抵达的。爱就是最简单的途径，我们只有正确理解我们的学生，信赖我们的学生，赏识我们的学生，热爱我们的学生，那我们的教育才能够抵达最丰富的可能。

# 用心经营　铸就成长

## ——《以经营促发展》读后感

李立妮

记得2011年9月刚进旅校时的新老师培训是赵校长给我们上的第一节课，那时候赵校长就对我们这些新老师的成长提出了希望和要求，让我们对自己的教师职业生涯进行规划。当时由于刚毕业参加工作，所以不太能体会赵校长对我们所提出的殷切希望，也不能理解何为教师职业生涯规划，甚至更不理解为什么要进行教师职业生涯规划。今天看了段福生校长的《以经营促发展》一书后我深深地体会到了赵校长对我们新老师的期望和关心，这本书也给我留下最深刻的印象，使我受到很大的启发。

段福生校长的《以经营促发展》这本书中有他的职业教育观、办学观、管理观、教师观和育人观等丰富的内容，其中最关键也是整本书的主线就是经营。段福生校长认为经营就是学校的灵魂，是昌平职业学校取得今天成绩的关键。那何为经营？著名教育家陶西平在《以经营促发展》这本书的序中说："'经营'归根结底就是实现职业学校办学过程的整体优化"，这句话让我深得体会。是啊！一个企业用心经营能取得良好效益，一个学校用心经营能取得丰硕成果，我想"经营"对于教师尤其是年轻教师也是非常重要的，因为经营能让教师的职业生涯规划的实现过程更加优化。

那教师应该如何经营好自己呢？看完段福生校长的《以经营促发展》后我对教师经营好自己有以下感想：

## 一、用心经营好自己的课堂

走上教师工作岗位快3年了，在这将近3年的工作中，我深深地体会到教师工作蕴含着无限的艰辛和丰富的内涵，需要我们倾注大量的心血，进行持久的探索，需要强烈的事业心和责任心，需要凭良心做事。只有热爱才会全身心投入，才能不断探索教育教学规律，才能肩负起教育新时代人才的重任。所以教师需要用心经营好自己的课堂。日常的课堂注定是平淡无味的，它没有公开课所带来的风光无限，也没有评优课所带来的名利双收。但是，没有日常的脚踏实地、千锤百炼，哪有公开课的精彩和评优课的辉煌呢？朱永新教授说："一个教师不在于他教了多少年书，而在于他用心教了多少年书。"所以日常课注定又是不平凡的，日常课的教学质量决定着教师的生活质量。因此，如果努力让每一堂课都能或多或少地延伸自己生命的深度或广度，让每一堂课都成为我们生活旅途中的幸福时刻，或许蓦然回首时我们会突然发现原来教书也能教得这么有滋有味。所以课堂需要用心经营，教师只有耐心、静心、真心地经营课堂，每一堂课才会充满活力，而我们教师也会在每一次用心经营的课堂中获得进步和学生的认可，甚至会获得这份平凡而伟大的教师职业所带来的幸福感。

## 二、用心经营好自己的班级

如果要用一句话来总结我的班主任感想的话，那就是：我与学生一起成长。三年前入校参加工作时没有任何班主任工作经验，在实践的摸索中每一个学生的进步也是我的进步，每一个学生的成长也是我的成长。由于职业学校生源的特殊性，决定了我们的德育工作和班主任工作的艰辛和不易，有很多老师惧怕班主任工作，不愿意当班主任，但是我很高兴我身边仍有很多优秀的班主任表现出对德育工作的坚定信心和不懈努力，让我深受感动。段福生校长在《以经营促发展》一书中就提出：没有立德树人，学校不成其为学校，顶多是学店。要防止学校变学店，职业学校的责任重大，尤其是职业学校的班主任和德育工作者们更是责无旁贷。没有好的班级，哪来好的学生？没有好的班级，哪来好的课堂秩序？暑假在三亚带队时我是最幸福的，因为能亲眼看到班主任在校用心培养了两年的学生走上工作岗位后的进步和成长。所以班级管理是师生绽放生命之花的舞台，是师生情感交融的天地。用心经营自己的班级就等于经营自己的生活，用心经营自己

的班级就等于经营学生的未来。

### 三、用心经营好自己的幸福

我们经常讲有什么样的教师，就会培养出什么样的学生，可见教师对学生的影响是重大的。所以要想培养出阳光、幸福的学生，那么我们教师首先应该要有阳光、幸福的心态。生命只有一次，所以教师有必要用心经营自己的人生，而幸福是人生中的一个最大和最基本的追求，有助于激发教师的教学热情和教学潜能，有助于教师的主动学习和自主进步，有助于学校教育工作的顺利开展。教师应保持乐观的心态，乐观地面对得与失，乐观地正视挫折，乐观地看淡名与利；教师应保持平常心，以平常心对待人世的浮华，轻松快乐，平平淡淡地过一生；教师应保持宽容心，宽容待人可以让我们忘记别人带来的烦恼和伤害，可以为我们创设一个宽松的工作和生活条件。所以我们教师保持一个平静的心，努力去追求自己的幸福和快乐，就能够平安舒心地进行良性循环的教育教学。

总之，在既艰辛又有意义的教师生涯中，我才刚刚起步，在以后的工作中我将用心经营好自己的课堂和班级，经营好自己的人生幸福，拥有阳光心态，增加幸福感，从而满怀热情投身到工作中，挖掘教学潜能，促进教育发展，培养合格学生。

# 细节，不可忽视

黄小莉

学校发的几本书，说实在自己兴致不高。虽喜阅读但更倾向于故事类，工具书除非出于工作的需要方会去翻阅浏览。为完成任务，翻阅了五本书，相对于大家喜欢的《窗边的小豆豆》《马云：我的管理心得》，自己还是比较喜欢《优秀是教出来的》这本书。这本书是一位美国奇才教师的教学心得，讲一位风趣幽默的"麻辣教师"不仅"征服"了一群又一群调皮捣蛋的"问题学生"，而且还在短时间内把他们调教成了品学兼优的好学生。他的成功在于他抓住了教育过程中容易被人们忽视的细节，他关注了"创造教育奇迹的55个细节"。他和读者分享了他身边的一个个他经历过、接触过的活生生的例子，非常的生动形象，似乎让你身临其境，你就是参与者之一，倍感亲切。

书中讲述的创造奇迹的55个细节确实常常被人们忽略，而正是细节创造了奇迹，成就了辉煌。我们也常讲述要注重细节，细节决定成败，诸如此类标志语不绝于耳。对于职业学校，对于服务行业来说，细节更是不可忽视。课堂上老师孜孜不倦的叮咛，楼梯间醒目的标语牌，操作课上老师的多次强调等，无不是在点醒我们的学生，细节真的很有必要。或许你会觉得，有啥了不起，我是做大事的人，不拘小节。是，你是做大事的人，可是水可穿石，铁杵都可磨成针。荀子的《劝学》中也提到："积土成山，风雨兴焉；积水成渊，蛟龙生焉；积善成德，而神明自得，圣心备焉。故不积跬步，无以至千里；不积小流，无以成江海。"先人们无不在昭示着我们，人们略略忽视的细节，可成兴亡之事呀！

还记得去年教学节上，烹饪专业的一节实操课，同学们在操作的过程中，一条毛巾被多次重复使用，老师们发现了这个小细节，在课堂中点出此事。虽然明白学生是为了节约操作的时间，争取能在老师们面前"一展身手"，可是偏偏就是这样的课堂学习中更是要注重这些细节的培养和重视，否则真正站在了行业岗位上，如此的操作，丢失的就不仅仅是一份工作了。无巧不成书，在某一次常态课上，巡楼过程中，偶然走进了一年级的刀工课，学生都在认真地练习着，每个人的案板上堆着好些土豆和切好的土豆丝等原料，可唯独某位同学的案板和台面非常的干净整齐，便好奇地走近了解，这学生很理所当然地说，这是老师提过的要求，要随时清理台面，这样操作也方便。诧然，很简单的一件事，很随手的一个动作，老师的这么一个要求，但是学生记住了，并实施了……后厨对于卫生要求很高，随时保持台面的干净整洁既是对自己的负责，也是对食客的负责，或许这一年级的学生没有考虑那么多，仅仅是因为老师的要求，而这一小动作，却让他"出众了"。

在书中作者提倡对孩子要从小在平时的一点一滴、一举一动中体现出尊重孩子、宽容孩子、赏识孩子，并了解孩子的内心世界，让孩子从生活中学习，从鼓励中学会自信、从宽容中学会耐心、从赞美中学会感激、从赏识中学会行动、从分享中学会感激、从诚实中学会真理……我们的职责不就是如此吗？

学生听到了，记住了，对于我们的教育来说，就是有效了。有效课堂，不局限于某一堂课，不归于某一课题，不拘泥于某一形式，细水长流般的有效灌输才是有效的教育。细节的教育，源于我们的"唠叨"。很多人会注重了整体而忽视了细节，就像折断筷子的道理一般，一根根折断势必比十根一起折断来得容易和快速，忽视了细节就会导致了整体的缺失。我们的实习生、毕业生在服务行业领域屡屡获得肯定，无不是对我们学生礼仪礼节、行为规范等方面的点赞。而且这些不无是老师们在课堂上，学生服装的整理，行礼时的站姿，问候的声响；活动时，行走列队的整齐，进行的有序；实操课上，操作的规范有序……哪哪都有我们的"唠叨"。或许学生会觉得烦，"真啰唆"，可是，我们还是在进行着，因为你我都知道，细节，不可忽视！

# 从《马云：我的管理心得》看班级管理

孟繁华

放假前学校给每位老师发了五本书让大家回去阅读学习。在众多书籍里我首先挑选了《马云：我的管理心得》一书，一是自己对经济有兴趣，二是觉得自己当着班主任，看些管理方面的书籍，也许会对工作对班级管理能有帮助。

说实话，如果一本书有太多的专业术语，太多的大道理，估计我也看不下去了。幸好这本书形式很特别，用语也很通俗。书中每一个月都有一个小小的主题，就像写日记一样，记录了马云的奋斗历程。每一篇日志后面都有一句简短而又有哲理的行动指南，还有一小段背景分析，让读者更好地了解该篇日志。每一篇日志都不长，大约两百字，比那种冗长的文章要吸引人，也让我们更容易理解。可看完书也让我陷入了沉思，马云的成功在于他踏实、敢想、敢做、坚持。这些品质可都是当今社会孩子们最缺失最需要学习的，如果这些品质都不具备，又何谈做好班级管理呢？随着社会的进步发展，现在的孩子们接触新事物新知识的机会更多了，同时在教育上我们教师们面对的问题也越来越多了。

（1）手机问题。恐怕没有哪所学校不为学生使用手机的问题感到头疼。如今的学生普遍有手机，所以要完全禁止学生使用手机是不可能的。然而有的学生缺乏自制力，手机对他们学习的危害很大，有的同学用手机玩游戏、聊天、购物、看小说，深陷其中不可自拔。手机问题成了当前老师们最难办的问题！

（2）上网问题。有的同学沉湎于网络，熬夜偷偷上网，既影响了身体健康，又影响学习。上网问题是近年来不仅让老师头疼的问题，似乎整个社会都不知道如何应对青少年上网的问题。

（3）迷恋动漫和奇幻。那些让大人们看起来没什么意思的漫画书、无聊和虚假的奇幻、穿越小说让一部分学生学习节节败退。

（4）食堂饭菜问题。一方面食堂要赚钱但又不能太贵，另一方面学生家庭条件越来越优越，缺乏吃苦精神，导致学生对学校食堂意见很大。学校想提高同学们的生活待遇，但是食堂也要生存，加上家长们推波助澜，食堂问题成了年复一年的老大难问题。

（5）男女生交往。如今90后男女生交往比较随意，有些学生陷入早恋的旋涡当中不能自拔，家长和老师们对这个敏感的问题又往往是采取回避的态度，或者轻描淡写，或者武力解决，没有好办法解决早恋问题。

（6）软硬不吃，就是不读书。一部分同学由于家庭和社会环境的影响，从小没有养成良好的学习习惯，反正有父母的安排，所以在学校里混日子，上课睡觉，下课玩耍，对老师表扬和批评都无所谓，总之是不读书。当我们作为教育工作者面对这些孩子时，马云大总裁的管理经怕是难以派上用场了！

比如书中1月9日的日志，当马云从美国西雅图回到中国准备成立公司的时候，他邀请了24个学生，向他们讲解自己想做一个Internet的东西，一窍不通的马云讲得很糊涂，大家听得也很糊涂。最后只有一个人说：你要是真的想做，你倒是可以试试。于是第二天马云就干了，所以才有了马云今天的成就。马云说自己比许多年轻人要强，是因为现在的年轻人大多晚上想走千条路，早上起来走原路。马云能够狠下心去做这件事情，不是因为他对互联网有多大的信心，毕竟当时谁对互联网都不熟悉，而是他觉得做一件事情，经历就是一种成功，去闯一闯，不行还可以掉头。但是如果连尝试都不尝试，就根本没有成功的可能。是啊，从读书者的角度，我们看到的应该是当有一个好想法的时候，就要抓住它，勇敢去闯。年轻就是最大的本钱。因为年轻，我们有太多的条件去冒险；因为年轻，我们永远都不会输不起；因为年轻，我们可以有无数重来的机会……可同时在教师的角度，我也看到了马云很深刻很直观地描述了现代年轻人的现状和生活标准，净做生活中的思想家，从不愿意付出努力和行动。

"十年树木，百年树人"，人的教育问题是很复杂和艰难的。随着社会的进步和发展，学生教育也产生了一些新的问题。由于没有现成的教科书，加上思想问题具有不确定性等特点，所以如何解决好这些问题常常让我们当老师的束手无策。倒是希望学校或相关部门能够给予我们年轻教师们更多的指导和帮助，让我们能够更好地做好教育工作、做好班级管理工作。

# 做个有"心"人

## ——读《窗边的小豆豆》有感

吴清葵

得空闲来，再次品读《窗边的小豆豆》，又有别样滋味。第一次读这本书时，是女儿的班主任安排的作业，家长必须陪孩子一同阅读，并与孩子交流感受。第一次听闻学校给家长的任务，有些诧异，心想，儿童读物，何以让我们来读，但又不能不做，否则，孩子要挨批。怀着质疑的心态，陪着读完了这本书，不禁感叹战争时期的日本已有这样的办学理念，体会其中的教育尝试，小林校长的教育方针、教育思想以及对学生的关爱，从中便对他增添了几许敬意。

或许，学校办得如何，很大的决策在于领导们，他们的办学理念及宗旨影响着整个校园。又或许，班级表现如何，与班主任的领导、管理有着密切的联系。从小林先生的一言一行、一举一动中，看到了他对学生们的和蔼、真心、用心、耐心，对学生的宽容、对老师的严厉，这样的一个校长，受到了诸多学生老师的爱戴。从这么一个令人尊敬的校长身上，学到了许多，感受了许多，他是这样一位令人敬佩的领导。他没有高高在上的盛气凌人，没有唯我独尊的统治行为，也没有令人敬而远之的姿态。他是个处处为学生，事事想学生，时时念学生的人，他对孩子们的爱，以及对教育的热情，比在战火中吞噬着学校的火焰还要巨大，还要炽热。再次品读，对小林先生有着这样的感受，他，是个实实在在的有"心"人。

他，用心倾听。

估计没有多少人会像小林先生一样，用4个小时的时间来听小孩子说话，中间没有不耐烦或打断，而是认真地去听，当小豆豆结束时，还意犹未尽。他经常说："无论哪个孩子，当他出世的时候，都具有优良的品质。在他成长的过程中，会受到很多影响，有来自周围环境的影响，也有来自成年人的影响，这些优良的品质可能会受到损害。"当发生问题时，他总是耐心听每位学生的解释，即使孩子们找的是借口，他也会很认真地听。正因如此，他走进了孩子的童真深处，受到孩子们的喜爱。也许我们可能没法像小林先生那样，用几个小时来倾听学生的心声，当学生犯错了也没法像他这样坦然，很多时候总是一味地指责、劈头盖脸地批评。即使学生解释，有时也会被我们认为是掩饰。与小林先生的做法相比，我无地自容，对于我们的学生，实在是缺乏了太多的耐性。其实，对于他们，也并非没耐心，有时候是被他们气昏了头，与小学相比，他们已经成年，应当有思想，有担当，所以，总有恨铁不成钢的感觉，总会去责骂，因为爱之深，责之切。今后，也许要改改自身的态度了，用真心实意、宽宏大量的耐心去循循善诱，去与他们交流，从而改变他们。

他，真心赞美。

"你真是个好孩子"是小林先生对小豆豆不断说的一句话。即使小豆豆经常犯错，他也一如既往地说着这句话。因为他的赞美，激励着孩子们，使得他们茁壮成长。有时我们很吝啬赞美之词，觉得对于中专生何必要大加赞赏，学得好是他们本分，收获成果是否丰硕，与自己的付出相关。可赞美之词正是学生学习的动力，不论是孩童，还是成人，都希望得到别人的肯定及赞美，一句赞美可以培养学生的自信心以及学习的积极性、主动性和创造性；一句责备会挫败学生自信心。对学生的赞美，的确能令他们信心百倍，特别是我们的这些学生，一直以来，在别人甚至自己的父母眼里，他们是因为学不好，今后没有别的出路了，才来的职校，他们对自己已经没有了信心，放弃了自己，过一天，算一天。如果在学习、生活和各类活动中，稍微对其加以肯定、赞美，都可以激励他们，让他们朝更高的目标前进。

他，匠心设计。

或许太孤陋寡闻，还没见到哪所学校会向巴学园一样，学生可以根据当天的心情、喜好来选择学习的科目；座位可以根据个人的意愿自由选择；便当要有海的味道和山的味道……学园里的每处设计无不为孩子着想，做的每件事都把学生放在首位，用润物无声的教育让学生耳濡目染，让孩子们在轻松、自由、无压力的环境中学习、成长。巴学园的做法，如若放到现在的校园，又该是怎样一个效果。小林先生的独特匠心，值得借鉴。

他，慧心赏识。

美国心理学家威谱·詹姆斯也说过这样的话："人性最深刻的原则就是希望别人对自己加以赏识。"如果孩子是鸟，你就是天堂；如果孩子是鱼，你就是大海；如果孩子是花，你就是春天。赏识源于发自内心的对学生的钟爱，对教育事业的挚爱。"生命如水，赏识人生，学会赏识，爱满天下。"在吃饭前，小林先生安排了一个"由谁说话"的节目，以此来锻炼孩子的胆量，每当孩子说不出来或结结巴巴时，总是加以鼓励，哪怕只有一句或一个字，他都加以引导，并热烈地鼓掌，让孩子自信起来。通过这样的说话活动，奠基孩子们的自信底色，对自己更加有信心。赏识不是表扬，是一种激励，作为教师，对学生的赏识无非就是尊重、理解、宽容、鼓励、信任，让他们感受到老师对他们的关爱，激发他们的内在潜力。

不论做什么，只要用心，就能把事做好，我是这么认为的。

# 从容不负好韶光

## ——读《陶行知教育名篇精选》心得

叶 俐

什么是教育？虽然在教育界打滚多年，但这个问题依然时时困惑着我，经常在反思中觉得中国的教育，尤其是我们所处的教育环境和理想中的教育完全不一样，时时生出"理想很丰满，现实很骨感"的感慨，有很多时候无所适从，不知道如何更坚定地在教育之路上行走。但是认真地研读了学校发的教育读本《陶行知教育名篇精选》后，有些事情豁然开朗，忽然发现其实教育也不像我们想象的那么"骨感"。而陶老先生思想中最让我心生感慨的是"生活即教育"。"什么是生活？"用陶老先生的话来说就是"有生命的东西，在一个环境里生生不已的就是生活。"而我们的教育就应该是生活的教育，是供给人生需要的教育，不是做假的教育。人生需要什么，我们就教什么。人生需要面包我们就得过面包生活，受面包的教育；人生需要恋爱，我们就得过恋爱生活，也受恋爱教育。人生需要有对自然对生活满满的热爱，能超脱恬淡不负春光，坦然快乐享受生活之美，那我们的教育就应该是这样地去计划去实现。其实陶老先生比我们更热爱自然更爱生活，也更懂得享受生活中的美好。就如他那小诗中写到的：

> 春天不是读书天：关在堂前，闷短寿源。掀开门帘，投奔自然。春天不是读书天：放个纸鸢，飞上半天。春天不是读书天：舞雩风前，恍若神仙。攀上山颠，如登九天。春天不是读书天：鸟语树尖，花笑西园。宁梦蝴蝶，与花同眠。春天不是读书天：放牛塘边，赤脚种田。工罢游园，苦中有甜。春天不是读书天：之乎者也，太讨人嫌。书里留连，非呆即癫。

读到陶行知老先生的这首小诗忽然想到两千多年前一个春光明媚闲适的日

子，一位头发花白和蔼可亲的老人问四个坐在他身边的学生："你们常常说'人家不了解我呀！'如果有人了解你们了现在请你们去做事，你们想做什么呢？"第一个学生赶紧站起来："老师，我要治理一个中等的国家，我一定可以保证子民衣食无忧，不受别国欺负"。第二个弟子说："我治理一个小城就好了"。第三个弟子说："老师，我不敢说自己有多大的能耐，我只希望能做一个小小的司仪，见证诸侯会盟朝见天子的赞礼。"最后一个学生慢慢停下手里抚的琴，把琴放下，挺腰跪在老师身前说："我的志向和三位师兄不同，我希望当春天到来的时候，和朋友们、孩子们在沂河里嬉戏，在舞雩台上吹吹春天的风，然后在春风中和着泥土的气息唱着歌回家"。睿智的老者沉吟半响，叹道："我还是赞成你的想法"。这位智慧的老师就是中国第一位教育家——孔子。而那位对生活满满的热爱，超脱恬淡不负春光，坦然快乐享受生活之美的是孔子座下弟子——曾皙。

两位伟大的教育家，一位是"万世师表"，一位是"伟大的人民教育家"、现代中国的教育之父，思想不谋而合，是巧合？我想，不是！是必然。

今年是我从事教育事业的第十九个年头，随着年龄的增长和教龄的延长，初为人师的青涩和稚嫩渐渐退去，留下了岁月积淀、知识累积的笃定。依然爱着教育事业，依然喜欢自己在讲台上那方寸位置，对教育事业的心依然滚烫热忱。似乎自己天生就是为了做一名教师而生。但反观现下中国的教育，无论是普通教育还是我身处的职业教育，有多少教师能像陶老先生那样真真切切、实实在在地感受到对生活的满足感，对事业的幸福感？许多教师在应试教育大棒的重压下每天只顾在学生的分数上埋头耕耘，这不但是上级的要求，更是家长的要求、社会的要求，甚至是孩子自己的要求。对文化知识的高要求，导致的最直接的后果是忽略知识以外的一切，所以中国大多数学校的体育课有等于无，思想品德课走走过场，没有家政课，就连物理化学操作也是为考试分数而设，能把理论知识学好的孩子最后得以用它敲开社会的大门。然而，代价是惨重的！一旦任何一个孩子品行或者精神出了问题，全社会的矛头一致指向老师。如此急功近利的教育，结果却只能由教师来承担。所以，在我身边的同学圈子里，通常听到教师说得最多的两个字就是"好累"，许多同事和同行几乎不能真正地客观地认识自己，正确看待自己，而夸大了自己的能力，对自己有过高的角色期待。在学生面前的自己可以是老师、学者、保姆、心理医生，甚至是神或是把学生推上神坛的人，却从来不是自己。然而得到的回报却没那么多，夸大自己的能力，对自己的角色有过高的期待，导致了越来越多的老师不能像陶老先生、曾皙那样超脱恬淡坦然快乐地享受自然，没有了那颗安于平凡、甘于平凡的心，即便是有也渐渐随着岁月的流逝而为功利和物欲所代替。人生如何还能滋生出满足感和幸福感！一个没有幸福感，没有积极向上心态的教师，不仅不利于其自身的身心健康，而且也不可能培养出具有积极心态的阳光学生。春雨能温暖冰封的泥土，朝阳能抚慰心灵的湖水，生命的歌声能唤醒一粒粒沉睡的种子。只有教师是身心健康的，他才能让孩子身心健康；只有教师心中有爱的时候，他才能教会学生怎么去爱；只有教师心中对生活充满激情的时候，他才能唤起学生对生活的热爱；曾几何时，我们这个群体已经很难再去想象"春天是多么美，草多么绿，风多么柔和"，所以在课堂上我们教给学生的春天也不过是一个个方块生硬的字眼。我们没有陶行知先生的勇气掀开门帘，投奔自然；更没有勇气听鸟语树尖，花笑西园；也无法宁梦蝴蝶，与花同眠。老师若是没有这种感受，学生又怎么能舞雩风前，恍若神仙。

　　林徽因说：也许是我们太过忙碌，忽略了嘈杂的街市也会有清新的风景，又或许是我们在修炼的过程中总是欠缺一些什么重要的片段。或许，人生需要留白，残荷缺月也是一种美丽，粗茶淡饭也是一种幸福。生活原本就不是乞讨，所以无论日子过得多么窘迫，都要从容地走下去，不辜负一世韶光。

　　我想说的是："从今天开始，做平凡健康的自己，用心感受身边的所有美丽和幸福，不要错过任何或残或缺的风景，从容才能不负一世韶光"。